AF382758

FSC
www.fsc.org
MIXTE
Papier issu
de sources
responsables
Paper from
responsible sources
FSC® C105338

ISBN : 978-2-3224-0938-9

Édition : BoD – Books on Demand, info@bod.fr
Impression : BoD – Books on Demand,
In de Tarpen 42, Norderstedt (Allemagne)
Impression à la demande
Dépôt légal : Juin 2022

Michel MARPONT

La Terre du Cygne

Roman

Dans ce roman de science-fiction, vous trouverez surtout de la fiction et très peu de science ! Cependant il y a quelques données scientifiques ici et là… Ensuite, sachant que tout se passe dans un avenir proche, vous pourriez être tenté/e de l'étiqueter « récit d'anticipation ». Mais je ne prétends pas avoir anticipé l'avenir. Au cas où ce ne serait pas évident, c'est loin d'être l'avenir que je souhaite ! Et je crains qu'il ne soit pire que celui que j'ai décrit…

À la fin du roman, vous pourrez trouver les définitions des néologismes ainsi que des précisions sur certains mots : ceux qui sont en caractères gras.

Les titres des œuvres musicales en italique sont parfois de mon invention.

« Flashgone » est un néologisme dont je suis l'auteur. Un mot que j'utilise déjà dans mon roman intitulé « Fleshgone » (avec un e) publié en 2020 chez BoD, avec un copyright initial en 2009.

Par ailleurs, je tiens à préciser que j'ai écrit les quelques lignes au sujet d'une « World Wide Crisis » en 2031, à la quatrième page de ce roman, plusieurs mois avant le 24 février 2022. Et que j'étais loin d'imaginer la folie advenue depuis.

Les légers voiles de dentelle en coton blanc dont Sara s'est partiellement entourée, sans couvrir son bikini également blanc, voltigent, infimes, dans la brise naissante. Ils laissent voir ses longues jambes fuselées, son ventre plat, ses bras et ses épaules douces. Elle est vêtue de blanc de ses bottines en cuir jusqu'à son chapeau de toile. Elle sait qu'elle met ainsi en valeur sa peau naturellement caramel.

Seul objet noir dans cet ensemble, d'antiques lunettes d'aviateur ou de coureur automobile en verres fumés s'enroulent autour de son cou gracile. Tout un chacun ici a apporté des protections pour les yeux contre le vent de sable. Certains ont modifié des masques de plongée, plus étanches que des lunettes ordinaires. Tim, son merveilleux amant, a réussi une adaptation esthétique, autant pour elle que pour lui, de ces objets des années folles. Mais il n'y aura pas de tempête aujourd'hui : il n'y en a jamais en fin de journée. Pour l'instant, le Cierzo, un vent sec, ne soulève du sable qu'avec parcimonie sans rafraîchir en rien l'air ambiant.

Sara sait que Tim tient à la prunelle noisette de ses yeux comme aux siennes. Prunelles que lui voit de couleur miel dans la lumière du soleil. Souvent il le lui a dit. Et cette pensée fait lever en elle un élan de tendresse.

Les yeux d'ambre de Sara sont surlignés par des sourcils qui parfois étonnent : deux traits noirs, presque horizontaux, mais qui s'intègrent élégamment dans son visage ovale.

Elle retire les écouteurs de son petit baladeur puis l'éteint car même si elle kiffe à fond *Desert On Earth*, le récent album du groupe *Tau.My.Hawk*, elle souhaite faire durer son chargeur solaire qui n'est plus tout neuf. Et même si ce n'est pas demain que le lithium va manquer, que ce soit celui du Salar d'Uyuni en Bolivie, ou celui d'Argentine, du Chili, de Chine ou d'Australie, le prix des batteries est en constante augmentation.

En ce premier jour de l'été 2042, le soleil est loin de manquer ici au milieu du désert des Bardenas Reales, au sud de Pampelune. En milieu de journée, la température est montée jusqu'à 43° Celsius à l'ombre et maintenant, à bientôt dix neuf heures trente, il fait encore très chaud. C'est pourquoi bien évidemment ils feront la fête la nuit et dormiront le jour.

Ce vingt et un juin n'est pas seulement le premier jour du festival, c'est aussi le jour anniversaire de la première baise avec Tim, il y trois ans déjà. Depuis ce jour-là, Sara se sent mariée à son homme, même si elle ne le lui a jamais dit. Avec des mots s'entend. Ou avec des mots pour cent ans…

Leurs sentiments et leur vie quotidienne en Suisse, au **Witz**, les lient suffisamment pour qu'ils se dispensent d'une cérémonie. Et les sept bracelets métalliques que Tim lui a offerts au fil des ans font office d'alliance. Ils tintinnabulent à ses deux poignets et elle aime leur petite musique.

Quant à elle, cette fois-ci, en une offrande asymétrique et paradoxale, elle a décidé de lui donner une montre mécanique suisse d'une grande marque qu'elle a troquée pour presque rien. Un cadeau pour la beauté de l'objet, pour la référence et la déférence au pays de Tim.

Au Witz, les heures défilent avec légèreté et on ne les compte pas. C'est la communauté coopérative où ils vivent et où résident actuellement onze femmes et dix hommes, tous âgés de quinze à trente six ans. Les ados y sont traités, estimés, comme des adultes. La terre et l'ensemble des bâtiments appartiennent à Tim, seul héritier d'Anna et Simon, ses parents adoptifs décédés dix ans auparavant. Et c'est lui qui a transformé la ferme en une communauté comme il en existe beaucoup d'autres, conséquence d'un retour à la ruralité. Mais il lui arrive de se demander s'il n'a pas fait ce choix pour se sentir entouré, rassuré de sa crainte d'être abandonné.

Dans le ciel trois grands oiseaux, des vautours probablement, tournoient. Il n'y a rien à craindre d'eux mais ce ne serait pas le cas si c'étaient des moustiques tigres. Heureusement, l'un des avantages de ce désert c'est qu'il n'y a aucun risque de Chikungunya ou de Zika. Avec le **réclim**, la zone est devenue de plus en plus aride. Elle est privée de cours d'eau permanents et personne n'y vit. Ou presque : en ce lieu très isolé et très spécial, un élevage de dromadaires s'est développé, composé de trois bâtiments en U et d'enclos, nommé le *Dromedarios Bardenas Reales*. Ou *DBR*, acronyme que tous les festivaliers prononcent « Di.Bi.Are », à l'anglaise.

Trois décennies plus tôt, il n'y avait là qu'une maisonnette fruste, un abri pour quelques bergers de passage. Et les rares randonneurs ou fans de VTT qui encore vingt ans auparavant se baladaient le long des quelques pistes ont également disparu. Le tourisme, même sans carburant, est devenu un luxe. Quant à la base de l'armée de l'air espagnole située à des dizaines de kilomètres de là, elle a été abandonnée depuis une décennie : le coût faramineux du pétrole et donc du kérosène a eu raison de l'obstination des militaires.

En 2031, la World Wide Crisis que tout le monde nomme « The Cry » a eu pour point de départ un échange de coups de canons entre une frégate de la marine royale de Norvège et une frégate de la flotte maritime militaire de Russie. Ce bref conflit que certains ont nommé « La guerre de l'Arctique » bien que l'incident n'ait duré que quelques minutes, n'a fait heureusement aucune victime et seulement quelques dégâts dans les coques des deux navires.

Un conflit qui fait suite à la découverte d'un immense gisement de pétrole à grande profondeur sous la frontière déjà controversée entre la Russie et la Norvège, entre les îles du Svalbard et l'archipel François-Joseph dans la mer de Barents. Un gisement faramineux dont les deux nations revendiquent la possession.

Cet incident dans l'Arctique, une région qui pourrait détenir un cinquième des réserves du globe en pétrole et en gaz, a donc déclenché des bouleversements mondiaux dans les secteurs économiques, politiques et sociaux : la WWC, « The Cry ».

Les principales nations qui produisent du pétrole et du gaz ont saisi cette occasion pour raréfier sévèrement aussi bien leurs consommations que leurs exportations et bien sûr augmenter les prix. Même celles qui n'ont aucun intérêt en Arctique comme l'Arabie Saoudite, le Vénézuéla et le Nigéria.

Dans les jours qui suivirent, de longues files d'attente se formèrent aux stations-services. Les livraisons par route furent perturbées, entraînant des ralentissements dans une multitude d'usines et des pénuries alimentaires. Aux distributeurs automatiques, les retraits d'argent furent limités et l'année suivante vit la suppression de la monnaie fiduciaire.

Si Sara et Tim sont venus au milieu de nulle part, avec quelques centaines d'autres joyeux drilles, c'est pour participer au Saving Man. Ce festival qui dure sept jours est tout autant une fête qu'une foire pendant laquelle tout ou presque peut se troquer.

L'évènement en est à sa seconde édition mais Sara et Tim n'ont pas participé au premier. Il ne rutile pas autant que le Burning Man dans le Nevada, une féerie de lumières et de flammes, de délires artistiques et d'échanges humains. Mais le Burning Man s'est éteint dix ans plus tôt car il est devenu tout simplement impossible de rouler jusqu'au milieu du désert. Et pourtant le Burning Man a été un fabuleux mouvement culturel tout autant qu'une communauté éphémère.

Ici, au Saving Man, il n'y aucun véhicule à moteur, mis à part les vélos électriques. Aucune montagne de panneaux photovoltaïques, non plus… Même si la plupart des festivaliers en ont apporté un. S'il y a beaucoup moins de participants qu'au Burning Man, moins de sons et de lumières, il y a tout autant de contacts humains et de créations artistiques. Les premiers fêtards arrivent depuis minuit une minute, chacun selon son fuseau horaire, si bien que l'aire de campement reste à moitié vide, comme un **peuzeule** incomplet de tentes de tous les styles.

Sara et Tim se sont connus à Málaga, trois ans auparavant, devant le cube coloré de l'ancien centre culturel. Sur l'esplanade ce jour-là, des jongleurs attiraient de rares touristes et quelques citadins. Sara se baladait avec Pénélope, sa tante qui réside dans le quartier de Pedregalejo à l'est du centre ville.
Un quartier resté assez chic où Pénélope possède une maisonnette toute blanche dont le mur qui longe la rue est orné d'une grande paire d'ailes, œuvre d'un pote artiste urbain. Ailes devant lesquelles nombre de passants se font bien sûr photographier.

Sara, âgée alors de dix huit ans, vivait encore avec ses parents, propriétaires de vergers à Pizarra, une petite ville à trente quatre kilomètres de Málaga.

Pendant dix huit années, elle s'était épanouie au milieu des orangers, des citronniers, des grenadiers et des arganiers. Eduardo et Salma, ses parents, avaient ajouté la culture de l'argan, inspirés par la mère de Salma qui avait vécu au Maroc et connu cette culture. Ils avaient constaté que le réclim permettait maintenant cette activité dans le sud de l'Espagne.

Un seul échange de regards avait suffi. Une minute hors du temps pendant laquelle tout avait été éclipsé à trois cent soixante degrés alentour, sauf lui pour elle, sauf elle pour lui. Tim lui avait offert un sourire faramineux et demandé où trouver un cybercafé. Sara avait eu un frémissement en voyant sa bouche mordante et virile et lui avait rendu sans hésiter un sourire clairement sexy. Ensuite elle avait constaté à son accent qu'il n'était pas espagnol et avait bien sûr deviné immédiatement qu'il n'avait pas besoin d'elle pour trouver un cybercafé. Et sans le moindre doute qu'il avait envie d'elle pour d'autres jeux…
Un jongleur avait laissé tomber une de ses oranges. Les badauds avaient émis des cris fâchés : jongler avec des fruits passe encore mais les abîmer, passe ton chemin ! Sara et Tim avaient négligé l'incident, de nouveau unis les yeux dans les yeux. Après tout, le fruit restait mangeable, alors pas de quoi souhaiter un glas.
En oubliant délibérément la question de Tim, Sara avait proposé la visite d'une authentique agrumiculture dans les environs, sans préciser qu'il s'agissait de celle de ses parents. Une vague crainte, futile, l'avait retenue : ce beau jeune homme allait peut-être refuser de se laisser cueillir… Mais il avait accepté avec enthousiasme. Après quoi il lui avait demandé de lui indiquer le chemin pour aller jusqu'à la place où se trouve la statue de Pablo Picasso. Là encore, elle n'avait pas douté qu'il aurait su la trouver tout seul. Mais elle avait offert de le guider, acceptant ainsi une invitation à changer sa vie.

Elle glissa donc trois mots à Pénélope, certaine que sa tante comprendrait pourquoi elle la plantait là au lieu de continuer leur balade.

Pendant les quelques minutes qui suivirent, ils s'abstinrent d'échanger des généralités, se sentant déjà intimes. Puis, après avoir parlé, elle de sa vie en Andalousie, lui de sa vie en Suisse, ils se donnèrent un premier baiser assis sur le banc à côté de la statue du peintre, le prenant pour témoin de la naissance de leur idylle. Un témoin évidemment immobile et muet.

Le lendemain matin, ils s'étaient retrouvés sur la plage de Pedregalejo. Et ils s'étaient allongés sur le sable après un bain pétillant de rires et d'aspersions. Tim avait dévoré des yeux la rondeur ferme des seins de la jeune andalouse.

En réponse, Sara avait rempli sa paume de petits grains de silice et les avait déversés doucement sur le maillot de bain de Tim.

Maillot qui alors avait semblé devenir trop petit et trop serré. Subjugué par le regard ardent de Sara, Tim avait inutilement demandé : « Vamos a la casa ? ». Ils s'étaient levés en silence, Tim se ceinturant de sa serviette…

Quelques minutes plus tard, Sara avait glissé la clé, un modèle ancien, dans la main de Tim et l'avait guidé pour l'introduire lentement dans la serrure. Ce geste incongru mais évidemment délibéré l'avait fait de nouveau bander… Ensuite Tim découvrit l'ange que pouvait être Sara : une grande photo de la jeune femme la montrait seins nus devant les ailes du mur dehors…

Le même soir, chez Pénélope toujours absente et complice, ils avaient bavardé dans la langueur du soir. Leur première nuit avait été en pointillés : des heures de sommeil et des réveils langoureux, des petits sommes et des merveilles les yeux ouverts.

Ils dormirent peu, parlèrent beaucoup, baisèrent plusieurs fois.

Avec de pures affinités érotiques, sur les azulejos tièdes, Tim sous Sara ou Sara à califourchon sur Tim, Ensuite sur le lit pour plus de douceur et enfin sous la douche peu avant l'aube. Avec la présence de la Méditerranée toute proche, parfois sur le fond sonore de la ville, parfois électrisés par *Absolute Boost*, le récent album de *Purple Dream*.

Le jour suivant, ils allèrent bel et bien à Pizarra où les parents de Sara furent étonnés que leur fille leur ramène un touriste suisse mais pas dupes quant au motif de la visite. Au fil de la journée remplie par les travaux ordinaires, ils en vinrent à apprécier Tim qui savait bosser vite et bien. Il avait proposé spontanément de les aider, à l'aise avec ces gens de la terre comme ses parents l'étaient. Et le soir, ils furent admiratifs mais moins que leur fille, quand Tim sortit sa clarinette de son sac à dos pour leur jouer parmi d'autres airs, *Summertime* et *Petite Fleur* de *Sidney Bechet*, un jazzman du début du vingtième siècle. Lui, il fut agréablement surpris par la macédoine d'oranges à la morue…

Ils furent moins joyeux lorsque deux semaines plus tard, ce jeune homme certes charmant revint pour inviter Sara à aller vivre en Suisse, loin d'eux. Leur amour pour leur fille unique avait été coupé en deux comme un fruit : heureux pour elle, un peu malheureux sans elle. Mais ils savaient qu'elle pourrait revenir souvent et facilement.
Sara, elle, dès le départ de Tim, avait pressenti qu'elle allait probablement priver ses parents de son aide expérimentée. Elle avait donc recherché une jeune femme du village pour la remplacer, pour leur faciliter les choses, sans attendre le retour prévu et la demande de son amoureux.
En se reconnectant au présent, Sara aperçoit son homme qui arrive de l'aire de campement : une silhouette bras écartés sur son vieux

VTT, déjà dans l'envie de l'étreindre. Avec un léger sourire aux lèvres, Sara ôte son chapeau et secoue ses cheveux noirs mêlés de fins rubans blancs. En ce jour anniversaire, elle hésite encore à lui révéler qu'un autre être humain va bouleverser leur vie…

Une brise très légère balaye la surface et soulève quelques particules de mica. Tim pédale aisément sur ce sable dur vers le soleil qui décline, vers la lumière de sa vie, vers Sara, petite silhouette blanche pour l'instant. Mais dans trente secondes, elle sera touchante et touchée, enivrante par son odeur naturelle, captivante même silencieuse.

Ils ont laissé les VTT électriques au Witz et sont venus avec deux **péclôts**, deux vélos ordinaires et déglingués. Avec son vieux baladeur numérique, Tim écoute *Lost in Pollution* de *Scarlett Milman*. L'album de la charmante anglaise, sorti trois ans auparavant ravive toujours le souvenir de leur premier baiser à côté de la statue de Pablo Picasso, à Málaga.

Tim avait proposé une devinette mimée impossible à trouver mais qui avait fait rire la jeune andalouse. Ses grimaces et ses deux bras croisés derrière sa tête étaient censés évoquer une des *Demoiselles d'Avignon* du peintre… Mais heureusement, depuis trois années au Witz, ils se comprennent aisément.

Quand les parents de Tim vivaient encore, la ferme restait une petite exploitation qui embauchait des saisonniers. Mais actuellement, la communauté compte vingt et un membres permanents. Tim aime la vie qu'il y a organisée, malgré les deals quasi quotidiens évidemment nécessaires pour que l'ambiance reste globalement fun ou seulement paisible. Pendant des années, la peur de perdre le contrôle du Witz l'a empêché de déléguer son leadership. Mais depuis une année, quand il s'absente, il fait confiance à Djibril, pourtant le membre le plus récent de la communauté.

Quand le bon feeling est là, c'est une chance qu'il faut savoir accueillir.

Un lézard qui se carapate devant sa roue le ramène au présent. Sara lui a demandé de la retrouver en plein désert, à cinq cents mètres de l'aire de campement, pour une séance photos.

En approchant, Tim découvre qu'elle a délaissé la jolie robe jaune et bleue, sable et océan, avec laquelle elle est arrivée au Saving Man. Pendant qu'il s'est absenté, elle s'est vêtue en bikini de mariée.

Il voit Sara qui s'agenouille et penche la tête. Ses longues boucles noires encadrent son visage pendant qu'elle fait glisser le zip d'une bottine. Des jolies chaussures d'une grande marque italienne, merveilleusement rénovées par Elpidio, un membre du Witz, âgé de vingt cinq ans, dont déjà dix avec une expérience de cordonnier. Elpidio a choisi de vivre à la montagne alors qu'il a assez de métier pour avoir un commerce en ville. Mais il préfère participer aux diverses tâches de la communauté.

Après avoir vidé sa bottine, Sara sautille sur un pied. Aujourd'hui, elle a choisi ces chaussures qui tiennent chaud mais protègent du sable brûlant. Ce qui n'empêche pas quelques grains de venir s'y glisser. Des guêtres de danseuse, en tissu, seraient bien utiles…

Tim écarte la béquille de son VTT et s'exclame :
 – Wow ! Sara tu es magnifique !
Sara sourit tendrement en retour. Après quoi, toujours perchée sur une seule jambe, une bottine à la main, elle écarte les bras pour retrouver son équilibre. Tim continue mais en français :
 – Est-il dangereux de prendre ton pied ?…
 – Quoi ? Viens donc m'aider !
 – Car tu as peut-être un piège à loup…
 – Hein ?

– Un pied jaloux de l'autre, si joliment chaussé, mi dulce…

– Ven aqui !

Tim s'approche en souriant et prend la chaussure. Aussi déconfit qu'après son mime à Málaga.

En trois années, Sara est devenue assez francophone pour être à l'aise dans la vie quotidienne mais pas assez pour piger immédiatement un jeu de mots inattendu. Qui plus est, après réflexion, Tim doute que sa dulcinée, pourtant si érudite et si fine, connaisse le mot français « piège à loup ».

Il met un genou à terre. Elle s'appuie sur sa tête et l'ébouriffe un peu, sans rancune. Elle le sait fan des jeux de mots et ce n'est pas un hasard s'il a donné le nom de Witz à la communauté.

Il lui dépose un baiser sur le pied en s'abstenant de lui dire qu'ils prendront leur pied bientôt et sur un pied d'égalité… Puis il la chausse.

– Labès ?

– Labès, répond Sara, en pensant à sa grand-mère marocaine.

Tim se relève. Ils s'enlacent malgré la chaleur. « Sans se lasser de le faire… » pense Tim. Après quoi Sara décroche du guidon de son VTT un sac ceinture en cuir noir et en retire le cadeau pour son homme.

– Magnífica ! s'exclame-t-il après avoir ouvert l'étui en cuir.

Il lui fait une bise enthousiaste sur chaque joue puis met la montre à son poignet gauche. À son tour, il sort un petit paquet d'une sacoche et le donne à Sara.

– Maravillosas ! dit-elle doucement avec un sourire solaire.

Ce sont des boucles d'oreilles à clips, circulaires et en argent, dont le motif intérieur labyrinthique semble se finir sur le corail rouge au centre. Elle décide de les porter immédiatement et remercie son homme en caressant ses joues.

Ensuite, tandis que Tim installe son appareil photo numérique sur son vélo, Sara l'observe. Ici, dans ce désert, enfin tous les deux, elle le redécouvre.

Les yeux bleu ciel de son amant se voilent rarement de gris et pétillent souvent de malice. Les cheveux très blonds ont été coupés en vrac récemment à sa demande. Avec des ciseaux par Sigrid, vingt ans et voyageuse suédoise en halte prolongée en Suisse, qui n'est pas la seule coiffeuse du Witz mais la seule qui ose des coupes déjantées. Sara trouve que ça lui va très bien à son homme et elle se régale de pouvoir lui passer une main dans les cheveux et les ébouriffer.

Elle détaille avec tendresse et amusement les fringues qu'il a choisi pour le Saving Man : un chapeau conique style sorcier mais bleu et en toile légère, des lunettes de glacier très couvrantes, un foulard jaune autour du cou, une chemise blanche flottante délestée de ses manches, un futal multi-poches et des sandales sur ses pieds nus. Lui ne craint pas le sable chaud…

Tim a bidouillé leurs vélos : aux guidons il a soudé un tube dans lequel on peut insérer un grand parapluie qui sert ici de parasol ou, dans le cas de Sara, une jolie ombrelle blanche. Pour la séance photo, il retire son parapluie fermé et glisse à la place une perche qui maintient l'appareil. Il procède à quelques réglages pour des prises en rafale et déclenche le retardateur. Après quoi ils jouent devant l'objectif, prennent des poses loufoques, rient et s'embrassent comme des fous. Ils oublient l'appareil photo et qu'ils sont privilégiés de venir faire la fête ici, et qu'ils sont dans un désert aride, et même que leurs amis vont arriver.

Enfin, ils décident de cesser de faire les pitres. Tim démonte le matériel et demande :

– Vamos a la playa ?!

Mais avant d'enfourcher son péclôt, il s'approche de Sara pour un énième baiser caliente. Il plaque son ventre sur le sien puis il passe un bras derrière elle et appuie sa main sur sa cambrure de danseuse de flamenco. Elle a les talons et le talent qu'il faut pour une telle danse mais le sable n'est pas un parquet. Et en cet instant, leur amour les fait déjà densément vibrer.

Au moment où Sara et Tim arrivent au tipi, installé en périphérie ouest de l'aire de campement, ils croisent un grand type maigre à l'air hilare au volant d'une voiture à pédales, une voiture plus grande que celle d'un enfant.

Une odeur de barbecue plane et des airs de musique à faible volume se mélangent. Un voisin inconnu joue du steeldrum. Une jeune femme avec des ailes bleues, un bustier de dentelle rose, un string et des sandales plateformes jaunes, leur adresse un signe de la main. Ses mains et ses jambes fuselées sont tatouées au henné.

Ils calent leurs VTT sur la béquille et les protègent, plus pour leur utilité que pour leur beauté, avec des antivols à code chiffré. Inutile d'être naïf : il n'y aura peut-être pas quarante voleurs pendant le festival, mais un seul suffirait. Et si on t'en vole une, pourquoi tendre l'autre roue ?...

Un grand tipi de huit mètres de diamètre sera l'abri des sept amis pendant la semaine du festival. Il a été offert et monté par Elena, aidée le matin même par un pote de Venise venu avec elle. Et probablement par d'autres, recrutés ici au Saving Man. On entre par une ouverture circulaire dont les bords sont renforcés de cuir après avoir soulevé la porte faite d'un cercle légèrement plus grand de toile tendue dans un cerceau qui vient simplement se poser sur l'ouverture. À quelques mètres de là, une grande tente berbère semble moins incongrue dans ce désert.

Tim tient la porte et de sa main libre caresse au passage l'épaule de son andalouse. Elle le remercie d'un sourire et dit :

– Elena est vraiment sympa d'avoir acheté ce tipi et d'avoir organisé son installation ici !
– Oui, c'est un beau cadeau !
– D'autant qu'elle est venue ce matin, non ?
– Si. Mais je suis persuadé qu'elle n'est pas arrivée à l'aube !
– Je m'en doute !…
– T'as vu : elle a fait fabriquer des manchons métalliques pour assembler les perches…
– Ouais, joli job !

Elena a divisé le tipi en sept espaces en épinglant une petite étiquette sur laquelle leurs prénoms sont écrits de sa belle écriture d'artiste. Et ainsi chacun sait où poser ses affaires.
Sara et Tim échangent un regard de désir. Mais bien qu'ils soient en ébullition, sans que la chaleur du désert y soit pour quelque chose, ils renoncent à faire des cabrioles dans le tipi. Où il y a évidemment trop de risques d'être surpris. Et sans être la honte, ce serait bien embarrassant. Alors, toujours sans un mot, ils se contentent de s'embrasser et se promettent un moment charnel sous les étoiles, au milieu de la nuit.
Tim prévoit d'emporter les minces matelas sachant que ni l'un ni l'autre ne souhaite jouer les fakirs sur les cailloux du désert. Et il espère qu'aucun couple de fêtards éméchés ne viendra dans leur direction pour en faire autant.
Sara s'assied tandis que Tim s'agenouille à côté d'elle et ouvre l'une des deux glacières qu'ils ont apportées.
En grimaçant légèrement mais sans être étonné, il secoue un pain de glace qui fait déjà un bruit liquide.
– Eh bé… les blocs de glace ne tiendront pas plus de quarante huit heures !
– On ira chez Elena : elle en a probablement en stock dans son congel.

– Va y avoir des files d'attente interminables, ronchonne Tim.
– En choisissant bien nos heures…
– Tu veux dire : à quatre heures du mat' ?…
– Mais oui ! Tu espères dormir, cette semaine ?…

La question de Sara énoncée avec un sourire espiègle est autant une allusion à la fête qui se déroule la nuit qu'à leur désir de faire l'amour dans le désert. Et elle ajoute, pragmatique :
– De toute façon, on n'a pas des provisions pour une semaine !
– Je le sais bien, Saramour, concède Tim en retirant une boîte en plastique.
Sara sourit tendrement et précise :
– Euh… la salade de crudités est dans l'autre glacière, Tim.
– La salade, ce sera pour demain. Aujourd'hui, repas de fête !

Et Tim ouvre la boîte qu'il a ajoutée discrètement avant de partir. Sara ouvre grands ses yeux qu'elle a magnifiques.
– Saumon fumé, poivrons jaunes et rouges, avec du riz simplement, énonce Tim.
– C'est Chloé qui l'a faite ?
– Non. C'est moi !
– Oh ! Repas d'exception donc… taquine Sara en douceur.
Tim retire d'un sac deux bols en plastique et deux fourchettes en inox puis il s'assied en tailleur sur la moquette. Elena en a apporté quatre quarts de cercle qui couvrent tout l'intérieur et qui leur éviteront le sable.
– Bon app' !
– Gracias Timamour… y buen provecho !
Pendant une minute, ils restent silencieux. Et seules les musiques mêlées que leurs voisins écoutent leur parviennent. Sara boit une gorgée d'eau et demande :
– Ce qu'on entend, ce serait pas *Happy Stew* de *Tracy Tizen* ?

– Si, c'est ça ! À mon avis, la moitié des participants sont des aficionados de ce groupe.
– J'aime bien.
– Moi aussi… sais-tu si Elena a apporté des tramezzini ?
– Probable. Mais je vais pas ouvrir sa glacière !
– T'as raison, on va pas la piller, sans attendre les autres !
– Je suis vraiment très étonnée qu'elle ne soit pas là, dit Sara avec une lueur d'inquiétude dans le regard.
Tim hausse les sourcils :
– Pasque ?

Sara prend le temps de mastiquer et d'avaler la bouchée qu'elle vient de prendre. Après avoir posé sa fourchette pour saisir la gourde, Tim lève les yeux vers elle. Et en la voyant savourer le plat tout simple qu'il leur a cuisiné, il sourit. Il boit une gorgée d'eau, passe la gourde à Sara qui lui a fait un signe puis répète :
– Pasque ?
– Eh bien, il est vingt heures passées et ça m'étonne qu'elle ne soit pas venue pour notre arrivée…
– Ouais… je parie que depuis ce matin elle fait la fête avec ceux qu'elle a embauchés ou séduits pour installer le tipi !
Sara secoue la tête doucement :
– Ça m'étonnerait qu'elle ait abusé de ses charmes pour se faire aider !
– Ne me dis pas que ça te chagrine qu'elle nous ait un peu oubliés ? Tu sais à quel point elle est indépendante, malgré ses seize ans.
– Je sais mais ça m'inquiète un peu…
– Elle est peut-être repartie chez Ami ?
– Mais non ! Ami reçoit son nouveau pote d'Australie et Elena le sait.
– Et alors ?

– Et alors, c'est pas son genre d'aller jouer les trouble-fêtes !
Tim pense qu'Elena est souvent fantasque mais elle sait aussi être pleine de tact. Sara a raison : l'adolescente n'irait pas chez Aminata, une française que tous ses potes nomment simplement « Ami ». Il hoche la tête en signe d'approbation :
– De toute façon, ils vont arriver dans une heure environ, si j'ai bien compris ?
– Oui, répond Sara en posant sa fourchette dans son bol.
– C'est comment déjà ? Matt, c'est ça ?
– Oui. Elle l'a connu pendant ses vacances à Perth, en février dernier.
– Et c'est où plus précisément ?
– Western Australia. Et Perth est au sud ouest.

Tim ferme les yeux pour visualiser une image de l'Australie mais c'est un pays qu'il connaît peu.
– Et qu'est-ce qu'elle t'a dit d'autre ?
– Qu'elle a passé ses trois dernières nuits chez lui…
– Et ?…
– Ils ont baisé le dernier soir… et c'est Ami qui lui a proposé de venir au Saving Man.
– Ami vit souvent des baises sans lendemains, non ?
– Si. Mais elle l'a invité ici, alors elle veut peut-être plus…
– Ouais… mais finalement, on ne sait pas grand-chose sur lui.

En habitué des conflits à résoudre, Tim envisage déjà comment accueillir l'australien dans leur groupe.
– Est-ce qu'il parle français ?
– Ami m'a dit qu'il n'en parle pas un mot… mais de toute façon, Justin non plus.
– Justin… il n'avait pas dit qu'il serait là dès le premier jour ?
– Je me souviens pas… répond Sara avec un brin d'agacement.

Cette intonation étonne un peu Tim. Mais il comprend que Sara refuse une inquiétude supplémentaire pour Justin malgré la profonde affection qu'elle a pour lui. Il revient à sa première question et y répond :

– Hmm… donc quand on sera tous les sept, on parlera en anglais la plupart du temps.

– Ce sera un peu difficile pour Léo…

– Je lui traduirai, dit Tim sur le ton de l'évidence.

Après quoi il met de côté bols et fourchettes pour faire apparaître, avec un geste qu'il imagine de magicien, deux petits pots en plastique remplis de crème glacée préparée quelques heures plus tôt.

– C'est pas un crime… mais ici fond, fond, fond l'ice cream !

Sara éclate de rire.

– Wow ! Là je suis sûre que c'est Chloé qui les a préparées !

Tim acquiesce avec un large sourire.

– Oui. J'ai fait un petit troc avec elle pour avoir ces glaces merveilleuses dont elle a le secret !

– Un **yobi** délice pour narguer le désert !

Ayant dit cela, elle farfouille dans un grand sac à côté d'elle, en retire deux petites cuillères, en donne une à Tim puis avec l'autre, très doucement, elle tapote le bout du nez de son amant. Un geste inhabituel et taquin dont Tim capte immédiatement le sens. Il lui effleure les lèvres et ils partagent un baiser caliente.

Après qu'ils aient dégusté leur dessert en échangeant des regards gourmands, Tim s'exclame :

– Et maintenant, on va trinquer à l'évènement !

– C'est à dire ?

– C'est à dire boire une demi bouteille de champagne !

– L'une de celles offertes par Ami, la dernière fois qu'elle est venue au Witz ?

– Sí señorita ! Aujourd'hui c'est jour de fête, non ?

– Si, amplement, Timamour !

Et Sara dépose un baiser léger sur la bouche de son homme, ravie en cet instant qu'ils soient seuls. Tim sort de son sac deux étuis en carton et en retire deux flûtes en cristal enveloppées dans du tissu. Il a choisi le cristal pour la touche de luxe mais aussi parce que le plastique devient de plus en plus rare, alors même que ses déchets restent omniprésents sur le globe. En conséquence, depuis quelques années, quantité d'objets déjà utilisés, encore en bon état, se troquent ou se vendent.

Il pose les deux coupes sur la glacière puis débouche avec habileté la petite bouteille en faisant délicatement sauter le bouchon. Ensuite il tend une flûte à Sara et prend l'autre.

– À nos amours, à nos délices, à nos orgasmes !

Sara éclate de rire :

– À l'été et à la vie longue !

Le cristal tinte légèrement et ils boivent, les yeux dans les yeux.

– Excellent !… mais pourquoi à la vie longue ?

– T'es pas pour ?

– Si, évidemment !

– Pasque j'espère que nous, nous vieillirons ensemble… sans subir le même malheur qu'Ami, explique Sara, une lueur de tristesse dans le regard.

Tim ne l'avouerait jamais mais ce bémol dans leur partition d'amoureux l'agace. Cependant son amour pour Sara et son amitié pour Aminata effacent ce bref désappointement.

– Hmm… ça va faire quoi ?… trois ans qu'il est mort, Iban, non ?

– Oui, trois ans… confirme Sara, sans abattement cette fois.

– À ton avis, qu'Ami ait invité Matt ici, pour sept jours… est-ce que ça veut dire qu'elle est mûre pour passer à autre chose ?

– Qu'elle a enfin accepté la mort du père d'Alaya ?… je sais pas. Peut-être.

Tim hoche la tête. Il ne sait plus trop quoi dire. Ni lui ni elle n'ont connu Iban. Sara reprend :
— En tout cas, à Noël, elle m'en a encore parlé comme s'il était toujours vivant. Ou presque…

Tim songe qu'il lui faudrait aussi des années pour se détacher de Sara, sans l'oublier bien sûr…
— Je suis désolé pour Ami, mais si on finissait ce champagne sur une note plus joyeuse ?
— Oui !
Tim sert le champagne résiduel et ils lèvent leurs flûtes à moitié pleines.
— Alors, à la vie et à la fête !

Ils savourent encore ce champagne puis Tim retire délicatement la flûte des mains de Sara et range les deux, sans les rincer, dans leurs emballages. Alors dans la langueur du soir ils échangent un baiser pétillant qui se prolonge pendant une longue minute. Après quoi Tim demande :
— Bon, on ressort se balader dans le Saving Man ?

02

– D'acc. Mais y'a déjà foule. On aura de la chance si on la croise.
– De toute façon, on ne peut pas la joindre…
Et tout en nettoyant sommairement les deux bols avec du sable fin :
– Mais je trouve que tu t'inquiètes beaucoup pour une heure d'absence.
– Peut-être…
Sara se découvre une attitude très maternelle et très nouvelle à l'égard de l'adolescente, sans vraiment sans étonner. Jusqu'à présent, elle la considérait comme sa petite sœur, n'ayant que cinq ans de plus. Tim insiste :
– Tu te souviens quand même qu'à Venise, elle vit seule ? Et ce, depuis plus d'une année.
– Bien sûr, mais…

De l'extérieur, toute proche derrière la toile du tipi, la voix d'un jeune homme l'interrompt :
– Ohé ! Elena !
Craignant peut-être que les flots de musique ne couvrent son appel, l'inconnu le renouvelle, plus fort :
– Elena, t'es là ?!
Tim hausse les sourcils, s'étire en écartant les bras puis se lève et va ouvrir la porte en tissu.
– Holà !
– Holà !

Essentiellement, Tim parlait déjà en espagnol avec Sara depuis leur arrivée dans le pays de la jeune femme. Il continue avec le visiteur, un jeune homme au visage maquillé de blanc sauf six points ronds façon face de dé, sous un haut de forme noir inattendu chez un type vêtu d'une djellaba blanche.

— Elena est absente, ajoute Tim.

— Ah bon ?!

Le type semble vraiment étonné, presque fâché comme si on lui avait posé un lapin. Devant son air maintenant dépité, Tim se place de côté et propose :

— Mais entre un moment, si tu veux…

— Merci.

Sara voit arriver un jeune homme très mince, très brun, dégingandé. Assise en tailleur, elle lève simplement une main pour le saluer. Il s'assied et s'agite un bref instant, embarrassé peut-être. Tim se joint à eux.

— Holà ! Moi c'est Sara.

— Holà ! Alejandro…

— Bienvenue, Alejandro !

— Mes potes disent simplement Alej…

Pendant une seconde, Tim pourtant habitué à la rota croît que le visiteur a dit « À l'air » en raclant le R… Il pense que le type à l'air sympa.

— Moi, c'est Tim.

Alejandro hoche la tête :

— J'ai aidé Elena ce matin à installer ce tipi… avec un pote. On étaient quatre, en tout.

Inutilement, il lève la main droite en tendant quatre doigts.

Ou peut-être veut-il préciser qu'il y avait aussi un ami d'Elena venu de Venise avec elle.

– Ah ouais… tu la connais depuis ce matin, donc ?
– C'est ça. Elle nous a recrutés, Juan et moi.
– Recrutés ?…
– Oui, elle nous a rémunérés.
– Vous avez fait un troc ?
– Non, elle nous a payé en **imoni**.
– Ah ouais ?!
Sara et Tim échangent un regard : décidément Elena n'a pas lésiné pour leur faire cadeau de ce tipi.
– Tu veux une bière ?
Après un coup d'œil interrogateur à Sara qui fait signe que non, Tim ajoute :
– Je pense qu'elles sont encore assez fraîches.
– Avec plaisir !

Il va prélever deux canettes dans la seconde glacière qu'ils ont apportée et en donne une à Alejandro qui remercie en catalan :
– Gràcies !
Ils comprennent tous les deux mais seule Sara devine qu'Alejandro est originaire de Catalogne.
– Et donc vous aviez rencart, ce soir ?
– Non, non… je passais, à tout hasard…
« Le hasard est le nom que le désir se donne pour tenter de passer inaperçu… » pense Tim, en évoquant silencieusement Jean Cocteau. Car il est évident qu'Alejandro est revenu attiré par les charmes d'Elena. Chose bien compréhensible… Mais faut-il lui dire tout de suite qu'avec la belle adolescente, il n'a aucune chance ?
Tim reprend la parole :
– Ce tipi est un cadeau qu'Elena nous a fait.
Alejandro ouvre de grands yeux, sans chercher à masquer son étonnement.

Elena ne l'a probablement pas dit ce matin. Dans un deuxième temps, il pige aussi qu'elle est donc loin d'être fauchée et cela semble l'embarrasser.

– Et euh… vous êtes combien à dormir ici ?
– On sera sept mais ça va être giga cosy !
– Pas trop froid la nuit ?
– Pour une semaine, ça ira… de toute façon, on va surtout dormir le jour !
– Oui, bien sûr… au Di.Bi.Are pour se chauffer en hiver, ils utilisent la bouse des dromadaires… ou l'énergie solaire.
– Décidément, ces animaux sont pleins de vertus !

Et Sara offre un grand sourire à Alejandro, suivie par Tim. Il n'y a aucune ironie dans sa remarque mais, pour éviter une confusion éventuelle, elle demande avec une intonation très douce, presque maternelle :

– Alors t'es arrivé ce matin ?
– Oh non, je suis arrivé il y a une semaine !
– Ah ! Tu es l'un de ces volontaires rémunérés qui préparent le festival et le campement ?
– Oui, c'est ça. On installe les toilettes sèches, on creuse des sillons dans le sol pour délimiter l'aire de campement… qui a déjà un kilomètre de diamètre et va sûrement s'étendre…
– C'est vous qui avez décidé de la tracer en demi cercle ?
– Oui. Mais c'est la communauté du Di.Bi.Are qui nous a demandé de la faire à huit cents mètres des bâtiments de l'élevage…
– Ouais, ça nous fait un quart d'heure de marche pour venir jusqu'au tipi… mais on est habitués, dit Tim sans acrimonie.
– Le but c'est de diminuer le bruit pour les animaux… et même pour les résidents du Di.Bi.Are. Il y a vingt ans, il n'y avait qu'une baraque à moitié en ruine qui servait d'abri provisoire à quelques bergers de passage…

– Et maintenant, il y a trois bâtiments ?

– Oui. Mais le Di.Bi.Are ne s'est développé ici, en plein désert des Bardenas Reales, que grâce au **flashgone**.

– Donc, toi ça fait déjà une semaine que tu campes ? demande-t-il.

– Ah non, pas moi. Les autres oui, mais moi j'ai un pote qui bosse pour le Di.Bi.Are. Alors j'ai dormi chez eux, dans le dortoir. Et j'ai déjà travaillé pour la communauté l'an dernier. On a monté des murs en sacs de sable, pour créer de nouveaux enclos.

– La nuit, je suppose ?

– On est pas fous ! dit Alejandro, très étonné que Tim puisse envisager un autre moment.

Au coup d'œil lancé par Alejandro, il comprend la futilité de sa question, posée machinalement. Mais il espère que la suivante sera plus sensée.

– Et l'absence d'eau a été palliée par des norias régulières avec plusieurs pays du monde ?

– Oui. Et vu que c'est un grand format, il permet de **transiter** avec de grands réservoirs d'eau.

– Ils la troquent, l'eau ? demande à son tour Sara.

– Non. Ils la payent en imoni.

– Pareil pour les volontaires du Saving Man ?

– Ouais. Normal non ?…

– Si ! approuve Sara.

Tim dodeline de la tête, d'accord lui aussi. Ce n'est pas tous les jours que l'on a envie de troquer du lait de chamelle et encore moins des sacs de sable…

– Tu voyages souvent ? demande Sara.

– Au moins deux fois par an… en mai dernier, je suis allé au Beltane Fire Festival, en Écosse.

– Ah ouais ?… c'est quoi ?

– Beltane est le nom gaélique d'une ancienne fête religieuse celte, célébrée le premier mai. De nos jours, je dirais que c'est une fête païenne qui relie les gens et la nature.

– Ça me semble giga sympa, dit posément Sara.

Tim regarde la jeune femme avec acuité et lui demande :

– Ce festival te tenterait l'an prochain ?

– Hmm… l'an prochain, c'est l'an prochain…

– Muy bien ! Qui vivra verra… au moins ici on est sûrs qu'il ne pleuvra pas comme à Woodstock !

– Hood stock ?

Alejandro déforme le mot et Sara hausse les sourcils car elle aussi ignore à quoi Tim fait allusion. Tim est étonné que le jeune catalan, un fan de festivals, ne sache rien de Woodstock. Mais après réflexion, il comprend qu'il n'ait pas entendu parler d'un évènement survenu sept décennies auparavant.

– Woodstock… un festival de musique qui s'est déroulé en août 1969 dans l'état de New York. Il y a eu jusqu'à cinq cent mille spectateurs en quatre jours pour trente deux artistes. Un truc d'autant plus dingue que des orages ont transformé le lieu en un vrai bourbier !

– Malgré ça, c'est le genre de festival que je kiffe !

– Les dangers des voyages ne t'effraient pas ?

– Qui ne risque rien…

De plus en plus d'utilisateurs des flashgones sont pourchassés et capturés dans le but de leur soutirer des codes d'accès. En conséquence, les voyageurs encore libres qui osent transiter les changent chaque jour et se les transmettent via le dark web. Mais pour une large majorité de la population, les flashgones sont une légende urbaine, d'autant que dans de nombreux pays les gouvernements et plus spécifiquement les militaires pratiquent une désinformation habile.

Ce qui ne les empêche pas de rechercher activement les lieux où ont été installés des flashgones. Et ceux qui ont été découverts ont été ultra sécurisés dans une zone militarisée et réservés à une minorité. Mais ils ne sont pas les seuls groupes à traquer les détenteurs de cette technologie : les mafias le font pour faciliter leurs trafics mais aussi, plus étonnant, certains actionnaires de multinationales pour tenter d'en tirer des bénéfices.

Heureusement, pour en bloquer l'accès, il existe une solution simple : laisser un objet volumineux dans l'aire du flashgone quand on ne l'utilise pas.

Sara ne sait pas trop si elle envie l'audace d'Alejandro. Tim et elle voyagent peu, par prudence. Ils transitent surtout entre la Suisse et l'Espagne ou chez leurs amis. Elle repense à Iban et demande :

– T'es déjà allé en Russie ?

– Non.

– Iban… le mari de l'une de nos amies a été retrouvé mort à Saint-Pétersbourg.

– Une ville magnifique !

Alejandro semble vouloir éviter qu'ils parlent de la mort. Tim précise pourtant :

– On pense qu'il a été flingué…

Et Sara tempère la remarque de son homme :

– À vrai dire, ce pays n'est pas plus dangereux qu'un autre.

– Bien sûr ! En fait, son erreur a été de vouloir trafiquer avec des mafieux, concède Tim.

– Rude coup pour Ami.

En réponse aux sourcils froncés d'Alejandro qui ne connaît apparemment pas ce prénom, Sara explique :

– Le prénom de la veuve d'Iban, c'est Aminata… nous on dit simplement Ami… sans E à la fin, en français.

Comme s'ils allaient le lui reprocher ou pour rassurer Sara et Tim, Alejandro dit d'un ton ferme :

– Moi je ne fais que des trocs honnêtes !

– Mais on te croit !

– Désolé pour votre amie. C'est sûr, c'est un choc.

– Ouais… d'autant qu'elle a reçu ses cendres dans une boîte en plastique.

– Non ?!

– Et ça ne lui a pas facilité l'acceptation, dit Sara avec tristesse.

– C'est compréhensible…

– Elle m'a encore dit, à Noël, que c'étaient peut-être pas celles d'Iban… qu'il est peut-être encore prisonnier des mafieux à Saint-Pétersbourg.

– Ça fait trois ans ! Je doute que ces truands le garderait… affirme Tim.

Alejandro semble dérouté par le tour que la conversation a pris :

– Est-ce que Iban était giga friqué ?

– Loin de là !

– Les relais l'ont peut-être piégé ?

– Non. Ils n'étaient pas des mafieux. Ils étaient même des potes d'Iban, répond Tim.

– Et il n'y aucune raison pour qu'ils nous aient menti, ajoute Sara.

– On leur a déposé le corps d'Iban, quarante huit heures après sa mort, dans leur cour intérieure…

– Quarante huit heures… c'est pour ça qu'ils ont préféré le faire incinérer !

– Ouais… c'était moins moche…

– Alors vous ne saurez jamais vraiment ce qu'il s'est passé ?

– Eh non… sinistre affaire, hein ? conclut Sara.

Pendant une minute ils sont rêveurs tous les trois mais chacun d'eux est remué par des émotions différentes. Ensuite, passant du coq à l'âne ou peut-être du fennec au chameau, Alejandro demande :

– Vous êtes allés voir les dromadaires ?

Surpris, Tim s'étire et met quelques secondes pour répondre :

– Non, on est venus directement de la zone de transit. Comme tout le monde.

– Et au sud de l'aire de campement, vous êtes allés voir ? On a commencé un **sand square**…

– Ah ouais ? Vous le tracez comment ?

Sara est amusée de voir Tim soudain ravi comme un enfant. Elle sourit discrètement en l'imaginant, haut comme trois roses des sables, avec une pelle et un seau… Alej semble flatté de cet enthousiasme et continue :

– Eh bien, comme pour délimiter les allées : on creuse d'abord un sillon et ensuite on ajoute un peu de plâtre pour que les traits soient plus visibles.

– Hmm… mais en fait, comme pour les dessins de Nazca, on ne le voit bien que d'au-dessus ?

Un peu dépité de ne pas le savoir, Alejandro demande :

– Les dessins de qui ?

– Nazca est une ville au sud du Pérou proche de laquelle des dessins d'animaux ont été tracés dans le désert.

– Oh, je vais **wéber** ça… mais c'est vrai qu'on ne voit bien notre sand square que d'une certaine altitude. On va le photographier avec un drone et on va imprimer une affiche quatre par trois qu'on exposera… au milieu des sculptures du Saving Man.

– Bien vu !

– Gràcies! Et ensuite on postera la photo sur les réseaux…

Tim adresse à Sara un regard interrogateur. Elle sourit de nouveau pour signifier son accord.

– On ira voir, quand vous aurez fini. Tu nous préviendras ?

– Avec plaisir !

– Mais s'il y a une tempête de sable, qu'est-ce que vous ferez ?

Alejandro écarte les bras, autant pour montrer son acceptation que sa prière au ciel.

– Alors, ce sera une œuvre éphémère… comme un vrai mandala tibétain…

– C'est à dire ? demande Tim.

Alejandro ne cherche pas à masquer sa satisfaction même s'il est étonné que Tim ne connaisse pas ce mot.

– Un mandala, un mot qui signifie cercle, est beaucoup plus élaboré que notre sand square même si sa taille est nettement plus petite… et il est fait avec des poudres colorées minutieusement déposées… Au Tibet, c'était un art et un rituel.

– C'était ?

– Oui avant l'invasion… mais certains moines en élaborent encore ici ou là… et quand un mandala est achevé, les sables de différentes couleurs sont ramassés et dispersés en offrande spirituelle à une divinité.

– C'est un beau symbole de l'impermanence, dit Tim en regardant le jeune homme avec sympathie.

Il hésite une seconde avant d'ajouter :

– Ça me donne envie de tracer une **Nispinila**… si on m'aide…

– Une quoi ?

Tim sourit, ravi de surprendre.

– Une Nispinila est une figure géométrique qui n'est ni une spirale car dans une spirale on tourne toujours dans le même sens, que ce soit celui des aiguilles d'une montre ou l'inverse… ni un labyrinthe car il n'y a qu'un seul itinéraire ou couloir.

– Et dans un labyrinthe il y en a plusieurs où l'on peut se perdre, précise Sara.

Alejandro semble vouloir visualiser la figure mais n'y réussit pas vraiment.

– Il faudra que je vois ça !
– Si on en dessine pas une ici, tu pourras venir chez nous, au Witz.
Sara a créé un jeu de plateau auquel on joue avec des pions et des
dés…
Ayant dit cela, Tim finit sa bière et dépose la canette dans un
panier. Alejandro fait de même.

Il semble se demander s'il est temps de partir mais, après un coup
d'œil au couple, il décide qu'il n'en sait pas assez sur Elena.
Pourtant, c'est sur un autre sujet que porte sa question :
– Et pourquoi ça s'appelle la communauté du Witz ?
Sara devance Tim qui hésite :
– Chez nous, ça veut surtout dire que nous nous défoulons par le
rire !
– Un witz, en Suisse, c'est un mot d'esprit, une vanne, précise
Tim.
– Et Freud a écrit un bouquin au sujet du witz…
Alejandro fronce les sourcils : cette communauté lui semble
soudain bien intello…
– Sin riure ?! dit-il en catalan.
– Sans rire… mais aucun de nous ne l'a lu !

Et Sara et Tim, synchrones, éclatent de rire. Surpris d'abord,
Alejandro est gagné par leur hilarité. Après quelques secondes, Tim
demande :
– Au fait, tu viens d'où ?
– Je vis à Barcelone. Je suis catalan. Mais j'imagine que Sara l'a
deviné…
– Oui, bien sûr.
– J'aimerais vivre dans la nature… mais pas au Di.Bi.Are. C'est
trop loin de tout.
– Ouais ? Même si on peut facilement aller et venir ?

– Hmm… le désert, c'est pas mon **troc**.

– Je comprends… nous on vit à la montagne, en Suisse, à huit cents mètres d'altitude dans le Jura Vaudois.

Alejandro hausse les sourcils. Il semble émerveillé par le mot « montagne » et aussi attendre des précisions.

– On est à trente six kilomètres de Genève et à dix kilomètres de Nyon, une petite ville au bord du Léman.

– Là, je vois mieux où c'est…

– Et on est une communauté, comme le Di.Bi.Are.

– On est aussi très isolés en pleine forêt, précise Sara.

– Donc vous êtes plus en sécurité… et sans risque de moustiques tigres… en déduit Alejandro.

– Oui. Et peu de gens savent qu'on vit là. Mais l'inconvénient, c'est qu'il n'y a qu'une route, à moitié dégoudronnée, farcie de nids de poules plus ou moins comblés…

– Il faut pas être pressé pour descendre en ville !

– Vous en êtes tous copropriétaires ?

Tim regarde Alejandro comme si cette idée était très saugrenue.

– Ah non ! Pas du tout. J'en suis le seul propriétaire. J'ai hérité la ferme d'origine qui était bien plus petite.

Sara observe Tim, hésite à en dire plus puis ajoute :

– Tim n'a pas toujours eu de la chance. Il a d'abord vécu en famille d'accueil jusqu'à l'âge de dix ans… et n'a jamais connu ses parents génétiques.

– Mais ensuite, coup de chance, ma dernière famille d'accueil m'a adopté légalement.

– Hmm… tu es donc le leader du Witz ?

– Oui et non…

Alejandro fronce les sourcils et attend visiblement des précisions mais Tim n'ajoute rien.

– Vous vivez sous des tipis ? enchaîne le jeune homme.

– Pas du tout ! Nous avons agrandi la ferme. Les quatre murs d'origine ont été insérés dans une nouvelle enceinte de pierres. Nous avons ajouté un toit de tôles qui imite des tuiles et une charpente métallique…

Avec enthousiasme, Sara coupe Tim, qui sourit car il sait combien elle aime ce lieu de vie :

– L'espace d'habitation forme donc un rectangle dans l'angle du nouveau bâtiment plus grand. Et il est divisé en trois : on a une vaste salle, à la fois séjour et cuisine. Plus un dortoir et deux chambres à part.

– Dans la grande salle, il y a la cuisinière à bois et aussi une cheminée à foyer ouvert dont la taille a été redimensionnée pour s'adapter à la nouvelle hauteur du toit…

– Près de laquelle dorment le chien et les chats, l'hiver…

– Nous on roupille soit dans le dortoir dans lequel on a dix-huit lits superposés et un grand poêle cylindrique…

– Récupérés dans une station de sports d'hiver reconvertie…

– Soit dans l'une des chambres de quinze mètres carrés… quand un couple souhaite s'isoler…

Après une pause de quelques secondes qui étonne leur invité subjugué par ce flot de paroles, Tim précise encore :

– Et à proximité, un grand hangar permet d'abriter les animaux, la charrette et la calèche, le fourrage et un petit atelier.

Alejandro les regarde ébahi par leur numéro de duettistes inattendu.

– Vous avez souvent de la neige ? demande-t-il après quelques secondes.

– Tous les hivers, un jour par-ci par-là. Malgré le réclim et bien qu'on soit en-dessous de mille mètres.

– Donc je présume que vous n'avez aucun problème d'eau ? Pas comme ici, au Di.Bi.Are ?

– Non. Car nous avons construit un réservoir en béton pour recueillir l'eau de pluie… que l'on filtre ensuite bien sûr.
Sara lève un index :
– Nous disposons d'une source mais son débit est insuffisant.
– Et c'est un privilège quand on sait que seulement trois pour cent de l'eau sur Terre est potable !
– Oui… et nous avons aussi une citerne d'un toit de New York qu'on a troquée… démontée et remontée en hauteur pour avoir un peu de pression, évidemment.

Alejandro se demande pourquoi ils sont allés chercher un tel objet à New York. Il aurait été facile de trouver un réservoir plus ordinaire via l'un des très nombreux sites de vente en ligne, puisque tout le monde achète d'abord de l'occasion. Est-ce pour le style et le fun ? Probablement oui. Mais il renonce à poser la question.
Pendant plusieurs secondes, ils se taisent tous les trois. Le premier morceau de *Dhiya*, le récent album de *Yasmina Warid*, leur parvient d'une tente voisine.
– Je le kiffe cet album ! commente Alejandro.
Sara et Tim échangent un regard :
– Nous aussi !
– Vous êtes combien ?
– Actuellement, vingt et un, répond Tim. Bien évidemment, les résidents ont des affinités variables : on s'engueule souvent mais on se réconcilie, surtout lors du palabre hebdomadaire.
– Ou le jour même…
– Oui. Il y a onze femmes et dix hommes, dont quatre ados.
– Il n'y a pas d'enfants ?
– Non… répond Sara avec un air de regret.
Alejandro note son intonation et croît deviner, en observant Tim, que ce sujet est sensible. Il se demande une seconde si le couple ne peut pas en avoir.

– Et vous êtes tous ensemble depuis le début ?
– Oh non, pas du tout ! Il y a eu des changements ! Mais ces trois dernières années, le renouvellement s’est ralenti. Et pour moi c’est un soulagement.
– Ah… pourquoi ?
– Pasque chaque nouvelle ou nouveau apporte en général une compétence mais aussi un risque…
– De ?
– Un risque d’embrouilles, précise Tim. C’est pas toujours évident de s’adapter.
– Cela dit, le plus important c’est la motivation, affirme Sara.
– Oui… et chacun d’entre nous enseigne, jusqu’à un certain point, ce qu’il sait faire.
– Il y a donc une rotation de nos activités pour nous éviter la lassitude, rajoute Sara.
– Et donc, vous discutez tous de tout ?

De la main droite, Sara mouline l’air devant elle :
– Surtout de nos cafouillages relationnels et des questions matérielles globales.
– Je me débrouille avec les bugs éventuels des **paphovols** et des panneaux solaires… vu que je suis le seul à savoir les entretenir ou les réparer, assure Tim.

Pendant une seconde, une suspicion traverse Alejandro : Tim aurait-il conservé ce savoir pour pouvoir garder le contrôle ? Mais l’idée lui semble aussitôt incohérente. Il commente :
– En tout cas, ici dans les Bardenas Reales, le Di.Bi.Are ne manque pas de soleil…
– Oh mais nous non plus et les paphovols fonctionnent avec un bon rendement.
– On a aussi deux éoliennes verticales et une classique.

– Oui. Avec tout ça, on ne manque pas d'électricité, conclut Tim.
– Muy bien ! Et pour le Net ?
– On a une antenne 5G, installée à l'écart et raccordée à une box, avec une carte SIM dédiée. Et donc on se connecte en wifi.
– Mais on n'a qu'un seul smartphone pour la communauté.
– Ce qui nous suffit…
– Le hic, c'est que nous sommes limités pour communiquer quand nous voyageons,…
– Mais ici Elena en a un… avec un forfait Europe qui coûte **la peau du duc** !
– Je sais… et je lui ai laissé déjà deux messages depuis ce matin… mais elle ne m'a pas répondu.
– Ah… murmure Sara.

Elle observe Alejandro avec plus d'acuité pour vérifier si toutes ces précisions l'intéressent vraiment. Après tout, il est venu pour Elena… Et elle lui a filé son numéro. Mais inutile de lui dire qu'il n'a en fait aucune chance avec elle. Et en conséquence, impossible de savoir si son absence de réponse est inquiétante. Tandis qu'Alejandro, lui, est arrivé à une conclusion :
– Donc… Elena ne vit pas au Witz ?
– Je suis désolé de te décevoir Alej… mais non, elle vit à Venise, répond Tim en douceur.

Après une brève hésitation à l'idée de demander ce service à un nouveau venu, Sara se décide :
– Est-ce que tu pourrais essayer de la joindre, maintenant ?
– Pasqu'on s'étonne de pas l'avoir vue depuis qu'on est arrivés… justifie Tim.
– No blème, j'ai aussi un forfait Europe !
Et sans hésiter, il compose le numéro d'Elena.
– Muchas gracias, Alej ! remercie Sara avec chaleur.

Mais seul le message d'accueil leur répond. Sara fait une grimace de déception. Tim tente de la distraire de son inquiétude en ramenant l'attention vers Alejandro :
    – Notre style de vie t'attire ?! s'enquiert-il.
    – Oui… mais je ne sais pas si j'aimerais vivre à la montagne…
    – C'est clair que nous n'allons pas en ville tous les jours !
    – Tu peux venir faire un essai, si tu as du temps.
    – Quand ça ?
    – Après le festival. Ou quand tu veux…
    – Merci, je vais y penser, dit Alejandro en se levant tandis que Tim fait de même.

Le jeune catalan ouvre les bras et propose une accolade que Tim accepte.
    – Et pour vous joindre ?
    – Si on ne se revoit pas au sand square, tu demanderas à Elena. Quitte à lui laisser un message…
Alejandro adresse un sourire amical à Sara qui le lui rend avec un geste de la main. Après quoi il franchit la porte de toile.

03

Sur la véranda qui s'étend le long du mur sud, Aminata, s'étire au soleil, encore chaud en cette fin de journée. Il est pourtant déjà dix neuf heures trente. Les carex et les genêts sont arrivés jusqu'à son jardin naturellement. Pendant une minute, elle observe les abeilles qui bourdonnent paisiblement autour de deux ruches. Mais pour combien de temps encore ?…
Elle remplit une carafe au robinet d'un grand fût en plastique qui recueille l'eau de pluie, filtrée ensuite en plusieurs étapes. À côté, un autre fût plus petit permet de dessaler par évaporation quelques litres d'eau de mer.

Aminata vit à Biarritz depuis sa naissance, dans un quartier calme, un peu labyrinthique, entre l'ancien hippodrome transformé en maraîchages, l'aéroport de moins en moins utilisé sauf par les T.E.V. et le cimetière du Sabaou. Heureusement, ils sont quasiment silencieux. Et seuls les **forts-thunés** utilisent des T.E.V. pour venir souvent de loin par étapes successives. Les Taxis Électriques Volants n'ayant qu'une autonomie de trois cents kilomètres, ils arrivent tous des aérodromes des environs.
Un quartier qui n'est pas devenue une **résimée** et qui regroupe une multitude de maisons de style atlantique. La sienne, en pierre avec une structure en bois et un toit peu pentu, est d'un seul niveau avec deux chambres seulement mais une vaste salle à vivre dont un tiers fait office de cuisine.

C'est en réalité la maison de sa grand-mère qui était basque. Quant à Nadia, sa mère, elle vit maintenant en Suisse avec Lucas, son homme depuis une vingtaine d'années, natif de ce pays. Depuis que les financements se sont fortement raréfiés, elle a cessé d'exercer son métier d'archéologue qui la passionnait pourtant.

Aminata rentre et dépose la carafe dans le réfri en regrettant de ne pas y avoir pensé plus tôt. Elle en retire le bordeaux rosé offert par Matt car elle estime que le vin est suffisamment frais. Trop peut-être… Il l'a mis à rafraîchir depuis presque une heure, avant d'aller faire un somme.
Dans la cuisine à l'américaine ensoleillée qui fait l'angle de la salle à vivre plus vaste, elle met la dernière touche à une salade basquaise. Elle ajoute des tranches roulées d'un délicieux jambon de Bayonne, affiné pendant douze mois, acheté directement chez un ami producteur. Elle est végétarienne mais dans ce cas précis, elle fera une exception. Enfin, elle parsème le plat de miettes de figues sèches.

Avec un léger sourire, elle se souvient que Matt l'a régalée de quelques plats, exotiques pour elle car australiens : le kangourou et l'autruche. Ici, aujourd'hui, pour le dessert il a apporté des glaces achetées chez le meilleur artisan de la ville, ainsi que des macarons. Ce matin, quand il est arrivé, après avoir mis au réfri un pack de tinnies, des canettes de bière pourtant encore fraîches, il l'a interrogée avec nonchalance sur ses goûts et ses envies.
Elle aligne les macarons, en résistant à son envie d'en croquer déjà un, dans un petit chistera usé qu'elle a recyclé en corbeille, à fruits habituellement. Après quoi elle nettoie le plan de travail et lave quelques ustensiles puis va dans sa chambre pour vérifier que son sac est prêt. Mais elle cherche encore comment se vêtir d'une façon originale, déglinguée même, pour le Saving Man.

Tout en se réjouissant de retrouver ses amis pendant ce festival, elle se demande si l'osmose va se réaliser entre eux et Matt. Et réciproquement. D'autant qu'elle même ressent un mélange d'attirance et de désinvolture à l'égard de son invité.
Elle envisage d'aller le réveiller mais y renonce en se souvenant qu'il a dit avoir programmé la sonnerie de son smartphone. Elle sait qu'il n'a pas de forfait Europe et qu'il ne l'a emporté que pour faire des photos pendant le festival.

Et la soirée ne fait que commencer. Surtout pour lui qui est arrivé ce matin à neuf heures, donc quinze heures à Perth. Il est resté moins d'une demi-heure car elle avait déjà une cliente puis il est revenu vers dix sept heures trente avec une demande qui l'a étonnée : une glacière. Pragmatique, il a voulu rapporter le vin, les glaces et les macarons sans qu'ils souffrent de la chaleur intense. Économe également, il n'a pas voulu les faire livrer par l'un des nombreux livreurs cyclistes comme on en voit maintenant dans toutes les villes. Après quoi, vers dix huit heures trente, il est allé se reposer dans la chambre d'Alaya.

C'est Iban qui a insisté pour qu'ils lui donnent ce prénom qui signifie « Joie » en basque. Le visage d'Aminata s'illumine d'un sourire tendre quand elle pense à sa fille qui vient d'avoir huit ans et se trouve en cet instant chez sa grand-mère Nadia, en Suisse.
Elle vérifie l'heure et constate que son invité va bientôt la rejoindre.
À côté du piano droit blanc dont Alaya joue parfois, se trouve une antique chaîne hifi. Elle y insère un CD acheté par sa mère quand elle était ado, presque cinquante ans plus tôt : *Jammu Africa*.
Sa mère aime tellement *Ismaël Lô* qu'Aminata s'étonne qu'elle ait oublié de l'emporter. Elle va s'asseoir rêveuse sur le grand sofa gris rapiécé laissé par sa mère, comme la plupart des objets de cette maison.

Aminata n'a pas dit à Matt qu'elle est maman. Simplement parce qu'elle ne sait pas si leur relation va rester sans suite. Il n'a compris qu'elle a une fille qu'en entrant dans la chambre de l'enfant. Aminata ne le connaît que depuis ses vacances à Perth, en février dernier.

Elle avait quitté l'hiver de France pour jouir de l'été australien : pendant ces deux semaines, aucun jour de pluie et un océan indien à 23° Celsius ! Elle avait été hébergée par des australiens via deux sites, parfois gratuitement parfois en payant, sauf les trois dernières nuits chez Matt, rencontré sur la plage.

Il émane de cet homme une force et une souplesse qui viennent de sa passion du surf. Un beau brun aux yeux bleus, c'est elle qui le pense, d'un mètre soixante dix sept, ça c'est lui qui l'a dit, mais il n'est guère plus grand qu'elle. Et âgé de trente trois ans, il n'a que quatre ans de plus. Malgré cela Aminata ne l'aurait pas remarqué parmi de nombreux autres beaux mecs sur une plage de Perth si lui ne l'avait pas approchée. Fans de surf, ils ont essentiellement partagé l'océan, les vagues et le soleil. Ils se sont peu parlé de leurs vies respectives même si, le dernier soir, ils se sont fait plaisir avec une étreinte ludique et houleuse.

Matt est donc à son goût et elle a bien senti qu'il la kiffe. Mais à Perth, ville cosmopolite, les jolies femmes ne manquent pas… Il semble donc que lui comme elle ne désirent qu'un flirt très sexe, sans nécessité de confidences, surtout pas sur l'oreiller. Et d'ailleurs, depuis février ils ont rarement échangé des **imels** et des visiophonies.

Elle sait tout de même qu'il est motoriste mais que réparer les moteurs des friqués qui possèdent un véhicule à carburant, n'est pas son troc. Un métier qu'il a appris avec son père dès son adolescence et plus rémunérateur que celui d'artiste. Ce qui le passionne, c'est d'être **in-graffer**. Et en découvrant la possibilité d'avoir des clients, son goût pour la mécanique a vite décliné.

Dans la petite chambre d'Alaya, sur un matelas au sol, Matt se réveille. Il baille et s'étire. Il y a des semaines qu'il n'a pas surfé pendant des heures comme aujourd'hui. Mais c'est une fatigue agréable. Ce petit somme d'une heure lui a été bénéfique : cela fait déjà plus de seize heures qu'il est levé. Et la veille au soir, la fête avec ses potes a duré un long moment, bien arrosée. Il ne le regrette pas mais la nuit a été d'autant plus courte qu'il a été réveillé par une brève crise d'asthme. Une maladie qui lui gâche la vie depuis l'âge de treize ans mais qui l'a obligé aussi à préserver sa santé en restant **resse**. Il s'autorise quand même le tabac pour fumer des joints, lors de certaines fêtes…

Ce matin, dès neuf heures à Perth, il tombait des hordes de gouttes et la température stagnait à 12° Celsius. L'hiver quoi… Après le bol de céréales et le thé, il a pris ses couleurs et ses aérosols puis son VTT pour aller chez Murray.
Et de là, chez son client à Sydney où il a achevé un graff sur deux murs dans la salle de séjour, grande comme son studio de Perth.
Un client ultra friqué, bien sûr, qui vit dans une vaste villa bien protégée dans une **gated-comm**. Un type qu'il a baratiné en lui disant qu'il vit aussi à Sydney : pas question de lui dire qu'il a transité chez un relais d'un quartier proche mais ouvert.
Lors de leur premier contact, l'homme ne lui avait pas inspiré assez confiance. Et Matt n'avait pas eu envie de le sonder petit à petit pour savoir s'il considérait les flashgones comme une légende urbaine. Son client qui avait semblé se foutre de l'avis de sa femme, lui avait demandé une baleine et des motifs aborigènes. Mais pour le reste de la fresque, il lui avait laissé carte blanche.

Vers quatorze heures, Matt a signé son graff avec satisfaction et encaissé un joli paquet d'imoni. Revenu chez lui, il a fumé un tarpé, s'est régalé d'un plat à emporter acheté chez Murray, patron du Kookaburra, un restaurant que tous surnomment le Cook-Rest. Après quoi il a rempli son sac à dos de l'essentiel en prévision de ses deux premiers jours au Saving Man, ne sachant pas s'il va y rester plus longtemps que ça, malgré son attirance pour la jolie française…

Vers quinze heures, il est repassé chez Murray où il a laissé son VTT une seconde fois.

Quand il a **smacké** des bises avec Aminata, il était neuf heures du matin, heure de Biarritz. Des bises seulement, dans la légèreté, car en se revoyant et malgré une folle nuit de sexe quatre mois plus tôt, ils se sont sentis potes. Sachant d'avance qu'elle aurait des clients au cours de cette journée, il n'a donc pas été surpris de devoir la quitter quelques minutes plus tard.

Une seconde matinée a donc commencé pour lui et, cette fois, sous un soleil intense. Comme prévu il a erré ici et là, enchanté de découvrir une ville pionnière du surf en Europe et qu'il a trouvée romantique. Après quoi il a loué une planche et les heures suivantes n'ont été que fluidité, chaleur et chants des vagues. Vers treize heures, environ cinq heures après son précédent repas à Perth, il a ressenti une petite fringale et a choisi d'aller grignoter dans un bar à tapas. Ensuite après avoir emprunté la glacière, il a acheté ce qu'il espère aux goûts d'Aminata. Dans quelques minutes, il sera dix neuf heures trente et il a de nouveau faim !

Il sort de la chambre de l'enfant, traverse le petit vestibule et entre dans la grande salle à vivre. Aminata baisse le son et se lève. Elle allie la beauté et le charme. Pour Matt, la fascination commence dès ses yeux verts sous des sourcils en aile d'oiseau, dans un visage aux pommettes hautes. Ses cheveux, noirs et longs, sont tressés et lestés de perles multicolores et de cauris. Et de ses doigts fins, elle caresse souvent les petits coquillages.

– Ami, tu es radieuse !

Elle sursaute puis sourit. Sa robe rouge cerise, très décolletée, très fluide sur son corps parfait, est assez ordinaire. Mais elle veut bien croire que ce qu'elle voile attise le désir…

Matt est resté sur le pas de la porte. Aujourd'hui, il porte un genre de panama, une chemise hawaïenne, un pantalon noir en coton et des sandales en cuir fatiguées.

– Merci, Matt. Tu n'es pas mal non plus !

Matt a encore prononcé « Émi », avec l'automatisme d'un australien qui a certainement croisé plus d'une Amy. Lorsqu'elle était à Perth, elle lui a dit plusieurs fois « It begins like abbey ! ». Après avoir aussi précisé, un peu agacée au bout d'un moment, que « Ami » est le diminutif d'Aminata, un prénom d'origine africaine. Le leg, via sa mère Nadia évidemment, de son grand-père sénégalais qu'elle n'a pas connu. Elle aime son prénom et ne propose « Ami » que pour simplifier.

Mais également en souvenir du père d'Alaya, pourtant décédé trois ans plus tôt : dans leurs moments intimes, Iban la nommait toujours de son prénom entier. Et depuis, les brèves relations qu'elle a vécues n'ont été que des aises de baises plus ou moins satisfaisantes… Elle sourit au souvenir de la susceptibilité de son mari disparu. Un jour, un touriste anglo-saxon déjà très éméché dans un bar d'Anglet, lui avait demandé si son prénom complet était International Bank Account Number. Iban avait aussitôt insulté le **bildé** en anglais et une brève baston s'en était suivie. Le gugusse avait fini au sol, sonné mais encore conscient. Avant de quitter le bar, Iban lui avait dit : « And now, you have to pay the bill, Bill ! ».

Aujourd'hui, elle n'insistera pas pour que son invité prononce le diminutif avec exactitude. Et d'ailleurs, la conversation se déroule en anglais puisque Matt ne parle pas le français. Elle lui a cependant demandé de parler plus lentement car elle est parfois larguée par son accent australien. Et cette demande, il la respecte. Il se rapproche d'elle :

– Cette jolie robe te rend si gouleyante !

Aminata éclate de rire : Matt a dit cette phrase en français, avec très peu d'accent. À l'évidence, il l'a répétée plus d'une fois pour pouvoir la placer dès la première occasion. Elle apprécie le compliment et décide de s'abstenir de risquer de le froisser en lui précisant le sens de gouleyant : sa traduction de « lively » est à la fois adéquate et décalée…

– Thanks Matt.

Il pointe un index vers le pendentif qu'elle porte, un bijou en argent avec une jaspe rouge au centre, et demande, en anglais :

– Est-ce un bijou basque ?

Aminata sourit en allant jusqu'au réfri dont elle retire la carafe d'eau. Ensuite elle la dépose sur la table.

– Non. C'est une croix d'Agadez que ma mère m'a donnée. Elle, elle l'a reçue de son père dont les ancêtres étaient des Touaregs du Sahara.

Matt sourit bien qu'il ne sache pas qui sont les Touaregs. Et quand il voit la bouteille de vin, il change de sujet :

– Peux-tu me dire où se trouve le tire-bouchon ?

Ailleurs pendant une seconde, Aminata n'a entendu que des sons. Matt doit répéter sa phrase, l'air étonné. Alors elle ouvre un tiroir et tend l'objet à son invité.

– Tu craignais que le vin ne soit trop froid ? C'est pour ça que tu l'as sorti ?

Il n'y a aucun reproche dans le ton de sa voix. Sa question est seulement pragmatique. Aminata hoche la tête pour confirmer.

– Ce Bordeaux rosé du Médoc… c'est un bon choix ?

– Excellent !

La question étonne un peu Aminata car Matt sait apprécier le vin. Après réflexion, elle est persuadée qu'il ne doute pas de son choix : sa question est une forme de politesse.

En Australie, il lui a servi un excellent Cabernet Sauvignon de Margaret River, une ville à 268 kilomètres au sud de Perth où les vins sont aussi fameux que les spots de surf. En débouchant habilement la bouteille, il dit joyeusement :

– Je meurs de faim ! Et pourtant j'ai déjà mangé deux repas, après mon petit déj' !

Il se tapote doucement le ventre avec un sourire et Aminata le trouve soudain touchant. Ensuite ils se mettent à table. Ils lèvent leurs verres ballons et trinquent les yeux dans les yeux pour fêter ce jour mais aucun désir n'y pétille.

Aminata s'abstient de lui demander s'il a eu du travail de motoriste : elle se souvient qu'il n'aime pas ce métier.

– Alors, es-tu content de ton dernier job d'in-graffer ?

– Blood good !

Après lui avoir servi le vin, Matt lui décrit avec enthousiasme son œuvre de Sydney. Aminata aime les peintures aborigènes traditionnelles qui expriment le Dreamtime et des formes plus contemporaines. Mais elle n'apprécie guère le bidouillage que font certains avec les motifs pillés aux aborigènes. Pourtant, elle s'abstient de le dire à Matt…

– Et avant Sydney ?

– Oh ! Pour une fois, j'ai couvert en extérieur ! Comme au début du street art !

– Génial ! C'était quoi ?!

– Des oiseaux sur des silos, à Urana… l'été dernier.

– L'été dernier ?

– Oui, je commençais le taf à cinq heures du matin et je cessais à onze. C'était une commande de la ville… je passais mon temps sur une nacelle élévatrice mais j'ai choisi les motifs.

– Ah… OK.
– Un bon trip… et une étape de plus dans le *Silo Art Trail* !
– Le quoi ?
– Une série d'une dizaine de peintures sur des silos à grains répartie sur deux cents kilomètres.
– Toutes commanditées par une ville, j'imagine ?
– Oui… et toi, ton activité de thérapeute, ça va ?
– Ça va. Je suis connue maintenant dans les environs.

Pour une fois, elle a bossé tout l'après-midi et sa dernière cliente a quitté la pièce de soins, une partie de sa chambre, deux heures auparavant.
Pourtant Matt croit déceler chez elle une once de tristesse. Il hésite une seconde à poser une question puis suppose que c'est dû à l'absence d'Alaya. Et Aminata poursuit :
– Je soigne avec mes mains et mes plantes…
Parfois, pour la boutade et avec des francophones, elle précise :
« Mais pas celles de mes pieds ! ». La plupart du temps, la vanne amuse. Aminata ajoute alors : « Mais ce serait possible car le massage avec les pieds nus se pratique depuis trois mille ans ».

Ce jeu de mot étant intraduisible en anglais, elle envisage d'en tenter un autre avec « sole » et « soul » mais la prononciation n'en étant pas exactement la même et le poisson n'étant pas au menu, elle y renonce et change de sujet :
– Es-tu allé te balader sur l'Anglet Surf Avenue ?
– Bien entendu ! J'ai suivi tes indications et je suis allé saluer Nat Young et les autres sur votre Walk of Fame.
– Un surfeur australien ?
– Oui. Mais il n'est pas le seul à avoir surfé la vague de La Barre.
– Je m'en doute… et tu as entendu parler de la Belharra ?
– Une vague géante qui peut faire vingt mètres de haut…

– Oui, mais seulement dans certaines conditions météo. C'est un phénomène rare.

– Il y a des années sans, non ?

– Si. Et elle se forme surtout en hiver.

– De toute façon, je ne suis pas assez bon pour la tenter !

– Oh, moi non plus, dit-elle en souriant.

Comme s'il voulait trinquer à leur lucidité, Matt prend la bouteille, tend le bras et interroge Aminata du regard. Elle accepte un troisième verre. Puis l'australien demande :

– Dis-moi… la prochaine fois que tu m'invites, est-ce que je peux venir avec ma short board ou mon hybrid ? Les tarifs de location des planches sont dingues ici.

– Oh, bien sûr ! Désolée, j'aurais dû y penser !

– No blème ! Tu n'as pas à être désolée, dit-il en tournant la tête en signe de dénégation et avec emphase.

Aminata sourit et pose une main sur la sienne. Il hausse les sourcils mais avant qu'il ait le temps de tenter un baiser, elle la retire et s'écarte. Il a l'air plus étonné que dépité.

– Oui, tout est très cher car la côte est surtout fréquentée par des touristes nantis…

– À Perth c'est pareil. Mais on le sait, y'a que les giga friqués qui peuvent voyager sans les flashgones !

Aminata prend conscience qu'elle est divisée entre la déception qu'il n'ait pas insisté et la satisfaction qu'il l'ait respectée.

En cachant son trouble, elle continue :

– Heureusement, les fruits et les légumes cultivés par les maraîchers locaux sont abordables !

– Et vous avez aussi un **S.E.L.** ici, je présume ?

– Bien sûr… mais si je n'avais pas la maison de ma grand-mère, je ne vivrais plus dans cette ville.

– Tant mieux. Moi, comme tu l'as vu, je vis en banlieue. Et là, les loyers sont encore raisonnables.

– On peut dire que Biarritz est devenue une ville chic en 1854… lorsque l'impératrice Eugénie a adoré notre ville et en a fait son lieu de villégiature en été.

– J'imagine que la plage, entre la pointe Gamaritz et le phare, n'était pas protégée par une digue ?

– Non, évidemment. Ils ne se souciaient pas de l'élévation du niveau de l'océan…

– C'est comme à Perth. La barrière de dunes artificielles est assez récente.

– Mais nous on a de la chance… pas comme à Djakarta où les bidonvilles ont été déplacés manu militari.

– Ou comme à Miami où les friqués ont isolé leurs quartiers avec des mégas digues !

– Hmm… ou comme au Bangladesh où le tiers du pays a été submergé…

Pendant un instant, tous les deux restent pensifs. Ils savent que de nombreux autres problèmes risquent de submerger le monde.
Aminata secoue doucement la tête :
– On passe au dessert ? demande-t-elle.
Et elle commence à se lever pour aller chercher les glaces. Mais Matt l'interrompt d'un geste de la main :
– Please, reste assise, je vais les servir.
– Les glaces sont déjà dans deux assiettes… j'ai vu que t'es allé chez le meilleur glacier de la ville ! J'imagine que c'est pas un hasard. T'as cherché sur le Web ?
– Non… j'ai simplement demandé à une passante dans une rue commerçante.
– Tu parles pas un mot de français…
– J'ai téléchargé une appli de traduction vocale.

– J'aurais dû y penser !

Après avoir déposé le dessert devant Aminata, Matt reprend sa place, pioche deux macarons et commente :

– Elle est jolie cette corbeille… elle est en quoi ?

– En osier, comme la couronne en dessous que j'ai ajoutée pour la maintenir. À l'origine, c'est un petit chistera. Le joueur se l'attache au bras pour jouer à une variante de pelote basque, le joko garbi… petit gant, en basque.

– Comme un gant de base-ball ?

– Mouais… un peu.

Pendant une minute, ils se taisent et savourent les glaces et les macarons, dans un silence émaillé seulement du tintement des petites cuillères.

– Un café ? propose enfin Aminata, en se levant cette fois-ci, décidée à laisser son invité assis.

– Volontiers… d'autant que la nuit sera longue pour moi.

La jeune femme approuve d'un signe de tête et ramasse leurs deux assiettes. Elle les dépose dans l'évier et allume la cafetière électrique dans laquelle le café est déjà préparé. Un café qui vient évidemment du Brésil, offert et apporté par Léo une semaine plus tôt seulement. Ensuite elle le sert dans deux jolies tasses liserées de rouge et de vert. Et ils passent sur la terrasse où de nouveau, ils partagent un moment de silence, allégé par le son des petites cuillères qui tintinnabulent, mêlé aux bruits lointains de la ville.

Enfin, en murmurant presque, Matt dit :

– Merci pour ce délicieux repas, Ami.

Et cette fois-ci, il prononce le diminutif avec soin et douceur. Aminata le remercie à son tour par un sourire amical.

Après quoi ils font la vaisselle rapidement puis vont chercher leurs sacs de voyage, chacun dans une chambre différente.

Aminata vérifie que tout est fermé et, en se dirigeant vers un angle de la salle à vivre, dit en français :
– Allez zou, on y va !

Matt la regarde, l'air surpris.
– Zoo ? répète-t-il. Tu m'as dit qu'il y a un élevage de dromadaires proche du Saving Man… il y a aussi un zoo ?
La jeune femme comprend alors la confusion provoquée par ce qu'elle vient de dire machinalement.
– Non, pas du tout… zou, c'est une interjection, en français. Un peu comme vous diriez « Shoo ! ».
– Ah… OK.
– Mais on l'écrit z,o,u… précise-t-elle tout en déplaçant un grand ficus qui s'épanouit dans un bac à roulettes.

Sur le sol, un cercle a été peint soigneusement, un simple trait noir sur le dallage gris. Aminata et Matt veillent à s'y placer avec précision. Ils sont tout proches l'un de l'autre, plus qu'ils ne l'ont été depuis ce matin. Et, après un regard sur une pendulette qui affiche 21:03, Aminata dit à voix haute, sans s'adresser à Matt :
– Alaya ma joie, dromedarios violeta.

Aussitôt une colonne de lumière intense se forme au-dessus du cercle, tandis qu'un grésillement se propage dans la salle à vivre. Mais ils ne l'entendent déjà plus.
Une dizaine de minutes plus tard, après avoir marché plusieurs centaines de mètres dans le désert des Bardenas Reales, surpris malgré tout par la chaleur résiduelle, ils croisent Sara et Tim entre la zone de transit et les premières tentes de l'aire de campement.
Aminata s'était attendue à les voir en sortant du flashgone puisqu'elle leur y avait donné rendez-vous à vingt et une heure précise.

Elle avait donc hésité à se diriger vers l'aire de campement qui commence huit cents mètres plus loin, ne sachant pas où est installé le tipi.

Elle est maintenant heureuse de les retrouver.

– Salut, les amoureux ! s'exclame-t-elle en français.

– Cómo vas ?

– Ami, ça trotte ?

Tous les trois se donnent de longues accolades l'un après l'autre. Ensuite Aminata se retourne vers Matt resté légèrement en retrait et décide de faire des présentations bien qu'elles lui semblent un peu superflues, chacun ayant déjà deviné qui est qui :

– Matt, dit-elle chaleureusement malgré tout.

– Hi !

– Sara, Tim…

– Nice to meet you, dit Sara.

– Hi ! ajoute Tim, laconique.

Pendant une seconde, il déteste le regard de désir que l'australien pose sur Sara. Ensuite il tente d'y voir quelque chose de flatteur pour lui mais cela l'agace tout autant. Et il le ressent comme un manque de respect pour Aminata, une très jolie jeune femme elle aussi. Ce n'est pas la première fois que cela arrive : plus d'un homme nouveau venu au Witz a eu ce genre d'attitude, très fréquente somme toute.

Tim s'étonne de s'en offusquer cette fois-ci. Ce qui ne l'empêche pas de s'intercaler entre Matt et Sara tandis que tous les quatre marchent ensemble.

Une minute plus tard, ils font une pause devant une buvette sommaire. On y offre une bière ou un jus de fruit à ceux qui réussissent à planter une fléchette dans un ballon de baudruche accroché derrière le bar. Un panneau précise que la boisson étant bio et le ballon biodégradable, une obole sera la bienvenue.

Les tréteaux et les planches sont placés trop haut pour des enfants mais pas pour les trois qui sont juchés sur des échasses. Ils ont les mains libres et parviennent, malgré un mouvement permanent pour garder leur équilibre, à crever trois ballons. Ils sont accompagnés par un type affublé d'une moustache et d'un bouc teints en bleu, avec des cheveux colorés en blanc auquel Aminata trouve un air chichiteux.

Après cette halte brève, motivée par le seul désir de partager déjà un moment du Saving Man, ils se séparent. Aminata et Matt vont aller poser leurs affaires tandis que Sara et Tim vont continuer jusqu'à la zone de transit du flashgone. Alors la jeune espagnole leur indique comment trouver le tipi :

– Suivez l'allée nommée « Eglantina » jusqu'à la limite du désert. Tout au bout, vous verrez, il est rouge au sommet, jaune au milieu et entouré d'aigles stylisés à sa base.

– D'ici, c'est à environ sept cents mètres, précise Tim.

04

Sara et Tim se matérialisent dans le long couloir de l'entrée. Tout autant que lors de leur précédente visite, à Noël, ils sont étonnés par la hauteur du plafond de ce logement situé au dernier étage de l'immeuble. Sur le sol un cercle a été peint en noir : il délimite l'aire du flashgone pour les départs. Tim jette un coup d'œil à sa belle montre qui indique 21:45.
Immédiatement, Sara appelle :
– Elena ?!
En tâtonnant, elle trouve un interrupteur et l'actionne. Mais le silence reste intense. Sara affiche une grimace de déception.
– Elena !
En criant le prénom de l'adolescente une seconde fois, la jeune femme l'a nuancé d'un agacement inquiet, comme si Elena jouait à cache-cache, en trichant.
– Je vais voir les pièces à droite du couloir… propose Tim.
– D'accord. Je vais jeter un œil dans la chambre et le bureau.
Tim toque à la porte des vécés puis vérifie la salle d'eau, sans grande conviction car il est déjà persuadé qu'Elena est absente. Il passe dans la cuisine où tout est en ordre. Et il va ensuite se planter à l'entrée du bureau dans lequel Sara s'attarde après avoir visité la chambre comme si effleurer du regard les affaires d'Elena pouvaient la faire surgir.
– Personne ? demande-t-il malgré l'évidence.
– Personne…

– Franchement, je trouve que tu te fais du mouron pour rien. Je parie qu'elle s'amuse déjà avec une nouvelle beauté croisée dans la journée…

– Faut pas exagérer ! Elena n'est pas une Casanova…

– Hmm… c'est vrai qu'elle n'irait pas jusqu'à séduire une nonne dans un couvent…

Après cette remarque sibylline à laquelle Sara répond par un sourire grimaçant, Tim laisse la jeune femme dans cette pièce qui sert également d'atelier.

Sara caresse du plat de la main une petite surface libre du bureau en merisier sur lequel se trouvent l'ordinateur portable éteint ainsi que deux CD posés dessus. Il y a là *Trois morceaux en forme de poire, les Gymnopédies* et *les Gnossiennes* d'*Erik Satie*. C'est un compositeur que Sara aime beaucoup et qu'elle a voulu faire découvrir à Elena. Offert à Noël, ce CD enregistré en 2016 semble être aussi à son goût. Sara le déplace et lit la jaquette de l'autre : *Bouts d'A* de *Dawa Tchirou*. Dans un style très différent, c'est le premier album d'une jeune chanteuse, française malgré son nom tibétain.

En fort contraste avec le meuble en merisier, fixée au mur opposé, une grande planche recouverte d'une antique toile cirée sert de plan de travail. Un masque inachevé, rouge et or, y attend la touche finale, au milieu du gesso, un apprêt pour peinture, des tubes d'acrylique, des pochettes de strass, des pinceaux, des chiffons, des photos dont Elena s'inspire. Elle aime fabriquer et peindre des masques vénitiens et, la plupart du temps, elle les donne à celles et ceux qu'elle affectionne.

Par beau temps, Elena travaille aussi sur la terrasse, à l'ombre. Il est inutile pour elle de s'exposer au soleil puis de s'enduire les cheveux d'un mélange de jus de citron et de safran : elle est d'un blond vénitien entièrement naturel.

Encore moins d'urine de cheval comme le faisaient les femmes au temps de Casanova et pas seulement les fieffées catins…

Sur sa terrasse, elle se sent plus à l'aise pour modeler un masque avec de la farine de blé et du papier journal. Et malheureusement, c'est ce matériau qui est devenu le plus difficile à trouver puisque la presse écrite a totalement disparu. Occasionnellement, Justin lui donne des vieux pulp magazines, dénichés ici et là dans le Dakota. L'adolescente peint ensuite les masques avec un vrai talent d'artiste.

Laissant Sara à ses pensées, Tim entre dans la salle de séjour et l'éclaire. En voyant la porte-fenêtre entrebâillée, il allume un spot extérieur et va directement sur la terrasse. L'heure est la même qu'en Espagne mais, environ mille kilomètres plus à l'est, la nuit est déjà plus profonde.

Étonné par ce qu'il découvre, il appelle aussitôt Sara. Et lorsque la jeune femme le rejoint, d'un mouvement du menton il lui montre les plantes aromatiques qui croissent dans des bacs plus ou moins grands. Plusieurs ont été cisaillées et le petit citronnier ainsi que le petit oranger apportés de Pizarra par Sara sont sans fruits. Les plants de tomates ont été délestés également mais cela semble normal.

Sara observe une seconde les plantes mutilées avec une moue de dépit puis s'exclame :

– **Carajo** ! Impossible qu'Elena ait fait ça !

– Clara peut-être ? Elle a les clés.

– Elle aurait surpris Elena avec Holly ?

– Probable, non ?

En disant cela, Tim se permet un sourire que Sara décrypte : il pense que l'adolescente adepte du polyamour oublie parfois de prévenir ses flirts…

– Ni Clara, ni Holly ne sont sensées venir au festival, objecte Sara.

– Elena a peut-être eu des regrets ?

– Pour Clara ou pour Holly ?…

– Aucune idée ! Simple hypothèse…

– Basta ! Qu'est-ce qu'on fait ?

– On va voir si l'une d'elles est à l'*El Egante* ?

– Je doute qu'elles y soient.

– Qui sait ? Et j'ai envie d'une petite balade avec toi dans la Sérénissime…

– Ça change tout !… mais avant je vais emprunter des fringues d'Elena !

Tim éclate d'un rire léger : effectivement, ils sont restés vêtus style Saving Man.

– Marre-toi !… c'est pareil pour toi : tu ne peux pas y aller attifé comme ça !

Tim approuve d'un hochement de tête et suit Sara dans la salle de séjour où ils s'attardent une minute, ralentis par les souvenirs joyeux du Noël précédent. Ici, pendant huit jours, ils avaient été sept à faire la fête en douceur. Les meubles avaient été provisoirement exilés sur la terrasse et couverts d'une bâche. Après quoi ils avaient installé une grande table avec une planche et deux piétements. Ils étaient tous arrivés le 22 en apportant un cadeau comestible et un objet éventuellement utile. Sara et Tim étaient venus avec de l'authentique gruyère, du vin de paille et des guirlandes électriques. Aminata avec du foie gras et du Sauternes. Les végétariens n'avaient pas râlé mais ne s'étaient pas réjouis. Léo avec du café du Brésil bien sûr, mais aussi des açaïs. Justin avec du bourbon du Kentucky et des boules de Noël raffinées que l'on avait simplement suspendues à des fils, absence de sapin oblige.

Tout au long de l'année, chacun d'eux se nourrissait de plats ordinaires. Ils avaient donc décidé de s'offrir le luxe de repas inhabituels.

Elena et Clara leur avaient cuisiné des pasta al nero, des pâtes à l'encre de seiche. Un ingrédient qui modifiait plus la couleur que le goût. Ils s'étaient aussi régalés de tagliatelle alla liquirizia, à la réglisse. Et s'étaient gavés de fritelle alla veneziane, des beignets traditionnellement préparés pendant le carnaval.
Léo avait dormi dans le canapé et Clara avait évidemment passé ses nuits dans la chambre d'Elena. Sara et Tim n'étaient pas retournés au Witz car leur communauté n'a pas de flashgone. Les résidents qui veulent voyager doivent descendre en calèche jusqu'à Nyon, une petite ville au bord du Léman, à quatorze kilomètres. Alors pour éviter un aller-retour un peu long et rester dans une ambiance festive, ils avaient donc transité chez Justin, à Fargo. Là-bas, leur chambre, tout comme celle de Justin partagée avec Kanoa, son mec, n'était pas directement chauffée. Mais une couette bien épaisse avait suffit à leur bien-être pour la nuit.

Aujourd'hui, la salle de séjour a retrouvé son agencement habituel : le canapé jaune canari fait face aux deux fauteuils noirs en rotin, séparés par la table basse du même style.
Quant au petit bar avec son plateau en marbre de Carrare, il n'a évidemment pas bougé. Mais ils constatent que la déco des murs a changé : quatre grandes photos d'oiseaux de la lagune y sont accrochées. Sara reconnaît une sterne caujek au long bec mince, un martin-pêcheur bleu et roux, une aigrette d'une blancheur impeccable et un faucon crécerelle aux pattes jaunes.
– Ce sont sûrement des œuvres de Clara, affirme Sara après avoir observé de près le martin-pêcheur.
– Oui… c'est une photographe de talent ! approuve Tim.
– Je pense qu'elle aime trop la nature pour avoir massacré les plantes d'Elena, même en colère…
– Hmm… je suis de ton avis.
– Bon, on va se changer ?

Ils vont dans la chambre où ils réussissent à trouver des vêtements à leur taille et plus adaptés à une balade en ville. Sara examine Tim, valide sa tenue d'un sourire, puis se regarde dans le miroir de la penderie.

– Va bene ! T'as ta lampe de poche ? J'ai laissé la mienne dans le tipi…

– Oui, bien sûr, dans mon sac à dos, répond Tim.

Et il fouille aussitôt dedans pour en extraire une mini lampe torche, aussi petite qu'un bâton de rouge à lèvres mais suffisante. Les éclairages publics étant devenus absents ou rares, tout un chacun en garde une sur lui, au même titre que ses papiers d'identité.

Après quoi, dans un petit panier proche de l'entrée, Sara emprunte un double des clés du logement et ils descendent tranquillement l'escalier de pierres centenaires. Ils sortent dans la petite cour au milieu de laquelle un ancien puits accueille trois touffes de lavande, passent sous le porche et se retrouvent sur la fondamenta della Sensa qui longe le rio du même nom, dans le sestiere Cannaregio, un quartier au nord de Venise.

Sara se retourne et lève les yeux : l'immeuble dans lequel Elena vit offre une façade jaune d'or percée d'ouvertures étroites en voûtes romanes. Une rareté car dans ce quartier les habitations décrépies sont plus nombreuses que les palais.

Dans la tiédeur de la nuit, ils longent des murs de briques rouges à moitié couverts de lierre, évitent un échafaudage le long d'une bâtisse et se réjouissent à la simple vue de quelques fleurs jaunes qui débordent de trois bacs accrochés sous des fenêtres. Pendant quelques secondes, Sara se laisse captiver par les reflets mouvants du ciel et des maisons sur l'eau. Un chapelet de barques, en bois pour la plupart, est amarré à des « bricole », des pieux frustes sans peinture. Couvertes de bâches de couleurs vives, elles dansent au gré du rythme de l'eau.

Il n'y a aucun canot à moteur visible : le Cannaregio n'a jamais été le quartier préféré des **fort-thunés**. Elena est loin d'être sans le sou mais elle affectionne une sobriété joyeuse. Elle ne possède même pas une barque. En revanche, ses amis savent qu'elle aime bien la nourriture raffinée et les belles fringues.

En caressant l'épaule de Tim, Sara demande :

– Tu te souviens de ce qu'a dit Elena à Noël, au sujet des premiers vénitiens ?

– Oui… nos ancêtres n'ont pas creusé des canaux, ils ont relié des îlots… c'est ça ?

– C'est à ça que je pensais, oui.

– Hmm… s'ils n'avaient pas construit le **MOSE** il y a deux décennies… et s'ils n'avaient pas surélevée la cité… la Sérénissime aurait sombré.

– Certo !

À intervalles irréguliers, quelques marches descendent du quai jusqu'au niveau de l'eau. Sous un porche fermé par une large grille à croisillons, un chat couleur pie les observe une seconde avant de filer. En face, sur l'autre rive du canal, dans une rue adjacente, une silhouette promène son petit chien blanc tandis qu'au niveau d'un deuxième étage éclairé, du linge sec et oublié oscille dans la brise légère.

– Saramour…

– Oui, Timamour ?

– Nous sommes deux îlots que la vie a reliés.

La jeune femme éclate de rire.

– Deux bobets ? demande-t-elle pour le taquiner, en utilisant le mot « idiot » de la Suisse romande.

– Allez !… ne bousille pas ma poésie ! répond Tim sur un ton badin.

– Si Clara t'entendait, tu devines ce qu'elle en dirait de ta poésie ?

Et Sara prend la main de Tim pour l'arrêter et lui donner un baiser de pardon léger et de gratitude.

– Elle se moquerait… sauf après avoir bu du Nero d'Avola !

– C'est vrai que dans ce cas, elle devient moins sarcastique…

– Ou après une nuit sensuelle avec Elena…

– **Certif** !

Le lendemain du réveillon et les jours suivants avaient été de pure lumière mais de froid cristallin. Et les repas plus sobres : pasta et basta. Clara avait transité en Sicile, sa région d'origine, pour rapporter de nouveau quelques bouteilles de Nero d'Avola, un merveilleux vin rouge qu'ils avaient savouré avec une simple pizza. Simple mais entièrement préparée par Clara, avec une pâte pétrie par ses jolies mains et des ingrédients d'été ou presque, car sortis du congel d'Elena.

L'adolescente s'avouait assez riche pour posséder une telle machine et surtout payer la consommation d'électricité en conséquence.

Réchauffés par divers alcools mais surtout par les échanges amicaux et amoureux, dans la vitalité de leur jeunesse, ils avaient déambulé jusqu'à la Sacca della Misericordia pour écouter un concert de mouettes et contempler les îles de San Michele et Murano, toutes proches.

Le lendemain, Justin les avait persuadés d'oser quelques chorales de Noël et ils étaient allés sonner à plusieurs portes pour chanter *Jingle Bells* à des vénitiens surpris et pas toujours ravis. Le même jour, après avoir gravi un escalier fait de bouquins périmés, Elena avait acheté des livres dans une librairie qui existait déjà vingt ans auparavant. Elle en avait trouvé l'adresse en consultant un vieux guide imprimé de Venise, un « tchi, tchi, tchi » selon la prononciation de Justin, un « Calli, Campielli e Canali ».

Un autre jour, le lion de Venise les avait vus arpenter la place Saint Marc mêlés aux rares touristes friqués venus sans flashgone. Un après-midi, ils n'étaient sortis que pour admirer une crèche dans l'église de la Madonna dell'Orto, sans espérer qu'on leur pardonnerait leurs libations…

Lorsque Sara et Tim arrivent devant l'*El Egante*, une enseigne à l'ancienne peinte en vert et rouge carmin, éclairée, en indique l'entrée. Le nom du lieu s'affiche aussi en lettres lumineuses sur le mur.

Un portail à deux battants ouvre largement sur une petite cour intérieure. À l'origine c'était un petit jardin et on a conservé les quatre cyprès d'Italie dans chaque angle.

L'*El Egante* est une petite trattoria qui propose un menu fixe à midi pour les locaux flemmards ou les rares touristes égarés dans ce quartier. Il est géré par un jeune couple Chiara et Tiziano, et c'est elle qui a choisi de couper le mot « elegante », même si cela crée parfois de la confusion chez les clients de passage.

Elena qui vit seule vient souvent ici, autant pour se régaler de la cuisine savoureuse et simple que pour s'immerger dans une ambiance familiale. Six petites tables seulement, pour deux à quatre convives, garnissent la cour mais la salle, à laquelle on accède par un portillon style saloon, en propose deux plus grandes. Les tabourets le long du bar permettent de grignoter quelques tramezzini. Sur chaque table une grosse bougie déjà allumée peut laisser croire que tous les clients souhaitent dîner aux chandelles.

Un couple de seniors se lève et libère deux places.

Tim passe son bras sous celui de Sara :

– On mange un morceau ?

– T'as encore faim ?

– Certo ! Et vu qu'au Saving Man, pendant une semaine, on va bouffer à la mode du désert…

– On a pas le temps…
– Dis plutôt que tu veux retourner au festival car tu doutes de trouver Elena ici…
– Bien deviné, Timamour ! Mais t'es sûr qu'ils acceptent l'imoni ?
– Oui. À Noël, quand Elena nous a offert un repas ici, elle a payé en **icash**.

Devant la petite table qui vient de se libérer, Tim tire une chaise pour Sara et elle s'assied, touchée par ce geste galant. Son homme tend un bras par-dessus les couverts et lui caresse doucement une joue. Avec un sourire malicieux, Sara ironise :
– Sois tranquille : pendant le festival, on ne va pas manger tous les jours de la farine de maïs avec du lait de chamelle !
– Je vannais tu sais…
– Et on pourra transiter pour aller se régaler ailleurs.
– Ouais… mais y'aura une giga file d'attente au flashgone : tout le monde va vouloir faire pareil !

Un léger mouvement à leur gauche les sort de leur parenthèse amoureuse : Chiara apparaît avec deux assiettes superposées sur une main et va servir deux types qui se dévorent des yeux. Après quoi elle vient vers Sara et Tim, les reconnaît et s'exclame :
– Sara ! Tim ! Ravie de vous revoir ! Elena va vous rejoindre ?
Tim salue Chiara d'un grand sourire tandis que Sara échange des bises avec la jolie vénitienne. C'est lui qui parle couramment italien et qui répond, en écartant les deux mains :
– Ben non… on la cherche justement.
Chiara semble un peu étonnée. Elle glisse une longue mèche blonde derrière une oreille et répond :
– Ah… aujourd'hui, je l'ai pas vue.
– Ni hier ?
– Non plus.

– Et Clara ?

– Invisible elle aussi depuis plusieurs jours… il y a un blème ? s'inquiète Chiara en fronçant les sourcils.

– Non, non… on a envie de la voir, simplement.

Chiara hoche la tête et attend la suite. Sara regarde Tim et tapote de l'index la carte restée à plat sur la petite table.

Tim semble soudain embarrassé et ajoute :

– Euh… on va seulement prendre un verre. Et si deux clients arrivent, on te libère cette table immédiatement.

– Ah…

– Ça marche ? demande Tim, en prenant son air enjôleur.

– Va bene ! Alors vous buvez quoi ?

– Deux Spritz dolce, énonce Tim en vérifiant que Sara est d'accord pour cet apéritif redevenu **couture**.

Chiara enregistre cette brève commande sur sa tablette puis leur sert un large sourire approbateur et ajoute, tentatrice :

– Vous vous souvenez que tout est cuisiné ici ? Pas de regrets ?

– Si, naturalmente… mais nous n'avons pas vraiment le temps de savourer les délices d'*El Egante* ! répond Tim d'un air désolé.

Sitôt Chiara partie, il ouvre la modeste carte, la dévore des yeux et s'exclame, en mélangeant l'espagnol et l'italien :

– Ah ! J'aurais adoré me gaver de **spaghetti con vongole**, tu sais !

– Je l'aurais parié… moi, j'aurais bien aimé me régaler d'artichauts violets de Sant Erasmo ! assure Sara en lisant la phrase dans le menu.

Après quoi elle se lève et répond à la question muette de Tim :

– Je vais aux toilettes.

En entrant dans la salle, elle reconnaît *Sisters in Streets* du trio *London Hammer*. Diffusé ici en sourdine, il a déjà capté des millions de vues.

Ensuite elle remarque Holly parmi une demi-douzaine de joyeux drilles bruyants et animés. La jeune écossaise âgée de vingt ans est une jolie rousse flamboyante qui vit également dans le sestiere Cannaregio. Elena et elle se sont connues quelques semaines auparavant lors d'une brève visite de Paris. Holly qui vit de relectures et de traductions a alors choisi de venir vivre quelques temps à Venise sans en avertir Elena. Mais elle ignorait que l'adolescente vénitienne était déjà en relation amoureuse. Un imbroglio qui l'a probablement horripilé…

– Hello Holly !

– Sara ! So nice !

– Va bene ?

– Très bien, ajoute Holly en anglais, sachant que Sara le parle.

– Vous faites la fête ?

– C'est l'anniversaire de Guido.

Holly hoche la tête en direction du groupe et désigne un type que Sara ne connaît pas.

– T'as pas vu Elena ?

Holly lance alors un regard agacé :

– Pas aujourd'hui. Elle devait pas aller à ce festival ?

Il y a une once de jalousie dans sa question.

– Si.

En espérant l'adoucir mais au risque d'accentuer la déception de l'écossaise, Sara poursuit :

– On s'est dit qu'elle est peut-être revenue pour toi…

– J'ai rop de taf… impossible de me libérer avant le week-end prochain !

– Ah…

– Elena ne vous l'a pas dit ?

– On l'a pas vue depuis ce matin.

– Moi, depuis une semaine… heureusement que je me suis fait des potes ici…

Sara sent bien qu'elle trouble l'ambiance de fête dans laquelle Holly s'amusait et qu'il est préférable de s'éclipser. Alors, bien qu'elles se connaissent peu, elle s'approche de la jeune femme et lui pose une bise que la jeune écossaise lui rend visiblement volontiers.
– Bonne soirée !
– Merci. Et vous, amusez-vous un max, murmure Holly avec un sourire sincère.

Ensuite Sara va au toilettes. Puis elle rejoint Tim et lui relate sa brève rencontre. Entre-temps Chiara les a servi mais les deux amoureux n'osent pas s'attarder à savourer leurs apéritifs. Dès que la jolie patronne du restaurant repasse non loin d'eux, Tim la hèle pour payer en imoni avec l'unique carte internationale dont dispose la communauté du Witz.

Lorsqu'ils quittent la trattoria, un clapotis régulier sur le canal signalé par deux petites lumières attire leur attention : un lumignon vert signale la proue, un autre rouge la poupe. Un vénitien rentre chez lui dans sa barque qui glisse lentement jusqu'à sa porte d'eau. Le silence de la Sérénissime leur semble plus intense et le bruit de leurs pas sur le dallage les accompagne. C'est pourquoi ils sursautent vivement tous les deux quand soudain on les interpelle :
– Hé, vous deux ! Vos passeports !

Figés de surprise et saisis d'inquiétude, Sara et Tim échangent un regard et se comprennent : vont-ils prendre la fuite immédiatement pour éviter cette mouise ? Bien évidemment, ils n'ont pas de passeports mais il suffirait qu'ils parviennent à la porte d'Elena pour être tirés d'affaire.
Ce dont ils sont parfaitement capables, sans même avoir besoin de se retourner pour évaluer la personne qui les suit.

Mais, derrière eux, on éclate de rire et une voix qu'ils reconnaissent ajoute :

– Je parie que vous vous êtes dit « **La frittata è fatta** » !

Ils se retournent et Sara s'exclame avec soulagement :

– Pari gagné !

– T'as modifié ta voix, non ?!

– J'avoue : j'ai… admet la farceuse.

– Tu vas bien, Clara ?

– Va bene… vous allez chez Elena ?

– On en vient mais elle est absente. Et on s'est demandé si elle était revenue pour… te chercher, répond Sara en espérant éviter une gaffe.

– Drôle d'idée… vu qu' elle m'a demandé de l'accompagner et qu'elle sait que je ne peux pas me libérer.

Sara et Tim sentent monter chez Clara un net agacement. Inutile de réveiller son tempérament qui peut être aussi volcanique que l'Etna. Tim s'apprête à lui répondre une phrase apaisante mais elle le coupe :

– Dites-moi franchement… vous me le diriez si Elena s'était tirée avec cette meuf ?

– Oui, on te le dirait.

– Même en sachant qu'Elena n'a rien voulu me dire ?

– Oui.

– Basta… pasque je n'offre du Nero d'Avola qu'à mes amis !

– Ce que l'on est, affirme Tim.

– Va bene ! Désolé pour l'interpellation.

– Pas de blème… bon, nous on retourne au Saving Man.

– See you later ! E ciao and chill !

– Merci. Arrivederci !

Clara s'éloigne lentement en leur faisant, sans se retourner, un signe de la main. Ses talons claquent sur les pavés du quai.

Sara et Tim se sourient au clair de lune.

– Pas de doute c'est elle qui a tailladé les plantes, murmure Sara.

– Hmm… elle a pété les plombs à la manière de Casanova…

Sara sourit sans commenter et Tim continue :

– Et c'est une chance que Holly ne soit pas allée au Saving Man !

– Pasque ?

– Elena nous en aurait voulu si on l'avait balancée !

– Mais ça n'aurait pas duré plus d'une heure… tu la connais, elle pardonne facilement.

Ils font quelques pas sans dire un mot puis Tim s'exclame :

– De bleu ! Pendant une seconde, j'ai quand même eu la trouille !

– Moi aussi. Même si en Italie, le seul risque, c'est l'expulsion…

– C'est vrai… c'est pas l'Ouzbékistan !

– Pasque t'étais vraiment inquiet là-bas ?

– Mais oui… un peu quand même… ils ne sont pas tendres avec les **bandiers,** tu le sais.

– Hmm… on a pris un risque, c'est vrai. Même accompagnés par Yulduz et Aziz…

– En se fringuant dans le style local, ça réduisait le danger.

– Oui, mais quand on était au mausolée Gour Emir, j'ai bien cru qu'on allait nous arrêter !

– Ou quand tu as failli poser une question en anglais, tellement t'étais émerveillée dans la mosquée Bibi-Khanoum !

– Heureusement que j'ai laissé Aziz parler pour nous… dit Sara en poussant la porte de l'immeuble.

– Cela dit, je ne regrette pas notre petit voyage ! C'est si beau Samarcande.

Après avoir refermé la porte, Sara fait jouer le verrou et dépose les clés qu'elle avait empruntées. Ensuite tous deux se rapprochent l'un de l'autre pour s'inscrire dans le cercle peint en noir sur le sol, l'aire du flashgone. Et ils quittent la Sérénissime dans une vive lumière qu'ils ne voient pas.

05

Lorsque Sara et Tim apparaissent dans la zone de transit du flashgone en Espagne, deux grosses ampoules éclairent parcimonieusement la pièce dont on a démoli un mur pour qu'elle reste ouverte sur le désert. C'est donc sous les étoiles qu'une dizaine de personnes échangent quelques paroles à voix ténue. Tim constate qu'un changement a eu lieu pendant leur absence : celles et ceux qui accueillent bénévolement les participants déphasés par une hallucination ont été remplacés.

Après avoir franchi un portique de détection démontable, Sara adresse un sourire à une jeune femme venue à leur rencontre tandis qu'ils libèrent l'aire fonctionnelle du flashgone. « Aucune hallu, merci ! » précise-t-elle.

Il y a là aussi deux types baraqués qui évaluent rapidement les arrivants… Mais jusqu'à présent, personne n'a été refusé et renvoyé, effet de la chance ou d'un bouche à oreille efficace dans la transmission du code d'accès de ce flashgone…

Un autre grand type se décale pour leur laisser le passage vers la sortie révélant ainsi la présence de Léo, leur ami de Natal, un grand black un peu rondouillard mais solidement bâti et très musclé, aux cheveux courts et crépus.

Le brésilien a les yeux écarquillés, visiblement absorbé par une hallucination.

Le phénomène étant toujours très bref, Sara et Tim en déduisent qu'il vient de transiter quelques secondes avant eux.

Léo, lui, se sent presque noyé dans le vert. La végétation autour de lui, au-dessus de lui, est luxuriante et la profusion de cris d'oiseaux l'étourdit. Mais la chaleur ambiante est sèche alors qu'en Amazonie, l'air est saturé d'humidité. Il remarque un toucan et ensuite, presque immobile, un paresseux dont le faux sourire peut cacher son agressivité. Puis soudain, il se sent attaqué par une escarmouche d'insectes inconnus. Il les chasse en moulinant les deux bras.

Il se dit que ce n'est pas une erreur de code : un flashgone est toujours installé dans une construction, si primitive soit-elle. Il se souvient bien sûr qu'il vient de transiter mais l'hallucination est si puissante qu'il ne parvient pas à se persuader qu'il est dans un état intermédiaire. D'autant moins qu'une silhouette émerge du fouillis de feuilles et de lianes, une belle forme féminine nue et noire, très attirante…

Mais sa tête de jaguar étonne Léo qui alors abandonne son désir d'approche… Il tente de raisonner dans cet état psychique où seul le cœur a ses raisons : si c'est un masque, il est d'un réalisme fulgurant. Léo a déjà bu de l'ayahuasca et connu des visions faramineuses mais n'a jamais vu de jaguar, un animal devenu rare. Et il est certain de n'avoir pas absorbé de l'ayahuasca depuis des mois. Tout semble pourtant si réel…

La créature émet un feulement rauque, tire une langue rose, puis lui dit : « Il faut que tu manges toutes ces cerises ! ». Léo regarde autour de lui et découvre des cerises de caféiers absentes une seconde plus tôt. Mais même s'il aime beaucoup le café, il n'a aucune envie de croquer les fruits rouges de l'arbuste. Il tourne la tête vivement pour signifier son refus. Alors la femelle jaguar émet un autre feulement, plus rauque, et bondit vers lui… pour se coller contre son corps avec une telle sensualité qu'il en revient au réel.

Le regard absent de Léo redevient net et présent et la jeune femme qu'il voit devant lui est tout aussi féline que celle de son rêve.

Tout aussi sexy mais clairement plus pacifique, et plus encore puisque sa tête est humaine et son visage ravissant !
– Obrigado… thanks, remercie Léo, en passant du brésilien à l'anglais.
– Welcome, répond-t-elle avec un sourire simplement cordial.

Le matin de ce même jour, Léo s'était réveillé vers dix heures, vaguement vaseux. Il avait bu trop de bières la veille au soir avec ses potes au *Reis Magos*, au bord de la plage de Ponta Negra. C'est lui qui avait payé presque toutes les tournées, ravi et enrichi d'avoir finalisé avec succès un troc de café avec du bourbon du Kentucky. Mais il avait fallu raconter des craques à ses potes Fabio et Vitor pour justifier sa soudaine rentrée d'imoni. Il était hors de question de leur parler du flashgone vu qu'il ne les connaissait pas depuis assez longtemps. En traînant ses sandales jusqu'à la cuisine, Léo avait ronchonné sur lui-même : il savait bien pourtant qu'il encaissait mal l'alcool.

Luisa, sa grand-mère, n'avait pas préparé le petit déj'. Elle s'en occupait volontiers les autres jours mais ce matin-là c'était sa façon de montrer qu'elle désapprouvait la beuverie de son petit fils. En conséquence, Léo avait fait son café matinal en prélevant de l'eau du grand fût en plastique, réservoir de l'eau filtrée. Et bien sûr, il en avait pris la quantité précise et nécessaire.
La flotte qui tambourinait sur les tôles du toit était tout à fait buvable, après filtration évidemment, mais ce n'était pas une raison pour la gaspiller. Même si cette belle averse tropicale, normale en cette saison des pluies, allait remplir tous les fûts sur le toit. Après avoir ajouté quelques gouttes de lait, satisfait de son *cafe con leite*, il était sorti sur le pas de la porte, sous l'auvent, la tasse à la main pour savourer son café au lait. Le thermomètre affichait 22° Celsius, une température normale en hiver.

Léo et Luisa vivent à Natal, une des grandes villes les plus à l'est du Brésil, après Recife et João Pessoa. Une agglomération d'un million cinq cent mille habitants, traversée par le rio Potenji, capitale de l'état du Rio Grande Do Norte, à 645 kilomètres au sud de l'équateur.

Malgré l'averse, Luisa était sortie pour troquer des fruits et des légumes. Elle cultivait, aidée par son petit fils bien sûr, un potager entouré de hauts murs, ce qui ne le protégeait pas d'un pillage régulier par les plus démunis du voisinage. Mais puisqu'ils se servaient sans abuser, Luisa et Léo ne disaient rien.

Après avoir bu son café au lait, Léo était rentré pour prendre une orange dans la cagette cachée dans un placard. Les agrumes étaient planqués car il les avait troqués avec les parents de Sara et il fallait éviter qu'un visiteur inattendu pose trop de questions sur leur provenance. Le Brésil était toujours le premier producteur mondial de ce fruit dont la plus grande partie venait de l'état de São Paulo mais la quasi totalité de la production allait à l'exportation. Cet agrume était donc devenu paradoxalement un luxe dans son pays d'origine.

Léo s'était assis en baillant pour peler et savourer son orange en se demandant ce qu'il allait faire de cette journée trempée. Du moins ici à Natal puisqu'il allait retrouver ses amis le soir même en plein désert. Et à cette pensée, sachant que les réservoirs sur le toit seraient bientôt remplis, il avait décidé de prendre une douche bien chaude. Il avait donc allumé le chauffe-eau à gaz, un autre luxe…

Quelques minutes plus tard, il avait mis des fringues propres puis préparé un sac léger pour ses premiers jours au Saving Man. En guise de provisions, mis à part des fruits et du café, il n'avait pas su quoi emporter. Mais il avait prévu de revenir…

En entrant dans la cuisine, il avait retrouvé sa grand-mère occupée à recouvrir de sable des carottes dans un grand bac en bois.

– Bon dia !
– Bon dia…
– **Avó**, à midi, je nous fais une moqueca de crevettes ?

Habituellement, Léo cuisinait le midi et Luisa le soir, souvent frugalement. Après un moment, il avait commencé par émincer les légumes : oignons, tomates et poivrons.
– Je mets de la musique ?
Il avait pris une longue liste d'artistes écrite par Luisa. Elle conservait depuis des décennies des cassettes audio qu'ils écoutaient sur un magnétocassette antédiluvien. Ou presque, selon Léo. Il avait vu ces objets depuis sa naissance mais il savait à quel point ils étaient hors d'âge. Certaines bandes détériorées avaient été coupées et recollées avec de l'adhésif. Il hésita quelques secondes entre *Noites do norte* de *Caetano Veloso* et *Rastilho* de *Kiki Dinucci* puis se décida pour *Gaïa*, un album du musicien africain *Ray Léma*.
À midi, la pluie avait cessé. Après avoir mangé leur plat et un fruit, Luisa était allée faire une sieste, comme chaque jour.
Léo avait échangé quelques sms avec ses potes et pris son vélo pour parcourir les douze kilomètres qui le séparaient de la plage de Ponta Negra.
Ils vivaient au sud du rio Potenji, à l'ouest du Parque Das Dunas, une zone pauvre quadrillée de maisons à un ou deux étages seulement. À l'inverse, au bord de l'Atlantique, Ponta Negra qui avait toujours été un lieu touristique le restait encore. Le privilège de riches voyageurs qui venaient surtout du Brésil ou des pays voisins, voire d'Amérique du nord. Ce matin-là, il y avait peu d''êtres humains sur la plage.
Léo et ses deux potes avaient tapé dans le ballon pendant une bonne heure. Après quoi ils avaient liquidé un pack de bières en échangeant des tuyaux sur des trocs possibles et juteux à Natal.

Et aussi quelques vannes, en mode macho, sur leurs meufs du moment. Chose qu'ils n'auraient pas osé se permettre en leurs présences, autant par égard que pour éviter les coups de griffes… Quand la pluie était revenue, ils avaient encore jonglé avec le ballon un moment puis s'étaient séparés.

Trempé et se demandant pourquoi il avait pris une douche quelques heures auparavant, Léo avait rentré son vélo dans le local débarras de la maison. Puis, vêtu de sec, il avait proposé une partie de dominos à Luisa. Ils y jouaient souvent quand ils ne s'adonnaient pas à des jeux de cartes. Après une partie, à la demande de sa grand-mère, il lui avait coupé les ongles des orteils. Luisa ne pouvait plus se courber facilement. Et selon son habitude, elle répétait en boucle : « Fais bien attention », « Pas trop court », « Regarde bien », inquiète comme si Léo allait lui sectionner tout un orteil. Il jouait le jeu et répondait par une série de oui.

Il venait de dire « C'est fini, Avó ! » et de poser le coupe-ongle sur le sol sous la chaise sur laquelle sa grand-mère était assise lorsque des cris leur étaient parvenus. Ils avaient échangé un regard : les petits truands du bar voisin démarraient une rixe. Des bastons se produisaient souvent et les inquiétaient peu. Dans ce bar où Léo n'allait jamais, les petites frappes trafiquaient de l'alcool illégal et de la weed.
Léo avait balayé le carrelage avec ses mains pour ramasser les rognures d'ongles. Luisa avait enfilé ses savates et s'était dirigée jusqu'au réfri pour leur servir un verre de jus d'orange. Mais en entendant des coups de feu ils s'immobilisèrent simultanément : c'était la première fois que ça dégénérait jusqu'aux flingues…
– Les flics vont venir cette fois ! Et les bakchichs ne suffiront pas…
– On n'a rien fait, nous !

– Non… mais il vaudrait mieux qu'on se tire… pour qu'on ait pas à témoigner.

– Je ferme les volets ?

– Oui. Et moi je verrouille la porte.

Après l'avoir fait, Léo était allé cherché son sac qu'il avait ensuite posé par terre. Il avait mis un genou à terre car sa grand-mère était beaucoup plus petite que lui et il l'avait prise dans ses bras. Comme souvent quand Luisa se sentait embarrassée, elle l'avait taquiné en disant : « Pour le mariage, c'est non ! ». Léo avait souri et suggéré :

– Avó, ce serait mieux que tu ailles chez Séverino, jusqu'à demain. Moi, je vais en Espagne, tu le sais…

– Chez Séverino, sans prévenir ?

– Mais oui ! Il comprendra.

– Je lui apporte des oranges.

– Bonne idée !

Séverino avait travaillé à l'hôpital de Humanitas pendant plusieurs dizaines d'années et résidait à Varginha, une ville de cent vingt mille habitants, dans l'état du Minas Gerais, à quatre cents kilomètres au nord-ouest de Rio. Léo allait régulièrement chez lui pour s'approvisionner en café qu'il troquait ensuite avec Justin.

À part les fruits, la grand-mère de Léo avait pris seulement un gilet pour se protéger de la fraîcheur du soir. Après quoi ils étaient allés dans la chambre de Luisa, la plus grande, dans laquelle un vieux fauteuil en rotin encombré de linge propre occupait un coin de la pièce. Léo l'avait déplacé pour libérer l'aire du flashgone, délimitée par une natte découpée en cercle. Ils s'étaient de nouveau étreints quelques secondes, puis la vieille dame avait transité à Varginha.

Après le flash éblouissant, Léo avait ouvert les yeux et noté machinalement l'heure affichée par les chiffres lumineux du radio-réveil.

Il avait hésité quelques secondes en voyant 17:25 : était-ce encore le premier jour du festival là-bas ? Pour des motifs de sécurité, le code d'accès au Saving Man changeait d'un mot, tous les jours à minuit heure de l'Espagne. De sa poche, il avait sorti un morceau de papier : ajouter cinq heures.
Là-bas il était donc 22:25 et le code du jour était le violet…
Il avait alors activé le flashgone en disant à voix haute : « **Changó orixá do fogo**, dromedarios violeta ».

Léo émerge de ses souvenirs du jour, presque aussi prenants qu'une hallucination. La chaleur sèche du désert, encore palpable malgré la nuit, l'aide à sentir qu'il est loin de Natal. Puis il remarque ses amis et s'exclame :
 – Meus amigos !
 – Léo ! répondent-ils en chœur.
Le brésilien échange des bises avec Sara et un check élaboré avec Tim.
 – Agréable ton hallu, amigo ?! demande le suisse sur un ton jovial.
Léo éclate de son grand rire sonore puis il se tapote le sommet du crâne avec le plat de la main. Un geste fréquent chez lui.
 – Vraiment tirée par les chevaux, cette fois ! s'exclame-t-il en français.
 – Tirée par les cheveux, rectifie Tim avec un sourire bienveillant.

Léo a appris les bases de cette langue avec un touriste qui lui a aussi enseigné des tournures de phrases farfelues que Léo utilise encore par inadvertance. Le type, un dénommé Roderick, avait séjourné pendant six mois à Natal et ils ne sauront probablement jamais s'il était un foutu farceur ou s'il faisait sincèrement les mêmes phrases… C'était avant que Sara et Tim connaissent Léo.
Tandis que tous les trois marchent en direction du tipi, Tim se souvient que lors des premières vacances qu'ils avaient passées à

Natal, seize mois auparavant, Léo leur avait joué un air qu'ils avaient reconnu sans pouvoir en dire le titre. Il leur avait aussi chanté la chanson, accompagné par le chœur des vagues de l'Atlantique.

Ils allaient à la plage toute la matinée et très rarement l'après-midi pour éviter de se faire cramer par le soleil brûlant. Léo avait sorti de son étui une guitare et leur avait déclaré « Pour vous souhaiter la bienvenue à Natal ! » mais avec un regard intense sur Sara seulement.

Si bien que Tim avait ressenti quelques pointes de jalousie. Car s'il était sûr de l'amour de Sara, il ne devinait pas les intentions du beau brésilien. D'autant que Léo avait ajouté :

– Ce matin, elle s'intitule *A garota de Ponta Negra* !

– C'est le nom de la plage où nous sommes, non ?

– Oui. J'ai changé une partie du titre… en fait, c'est *A garota de Ipanema*. C'est une chanson célèbre de la Bossa Nova des années soixante… qui a été reprise par plus de trois cents artistes depuis.

– Ce titre ne me dit rien mais je connais peu ce courant musical, avait admis Tim.

– Oh ! C'est sans doute parce qu'elle est surtout connue sous son titre anglais : *The girl from Ipanema* !

– Ah là, je connais !

– Ma grand-mère n'était pas encore née !

– Elle a quel âge ? avait demandé Sara.

– Soixante quatorze ans.

– Et Ipanema, c'est où ?

– C'est un quartier stylé friqué de Rio.

Finalement, Sara et Tim avait remercié Léo en lui affirmant que cet accueil était plus original que d'offrir des açaïs. Un fruit qu'ils avaient découvert plus tard et apprécié.

– Tim !

Léo pose une main sur l'épaule de son ami et ajoute :

– Tim, où t'es parti ?

Le jeune homme absent pendant une seconde revient au présent et regarde le brésilien avec affection. Leur amitié est maintenant sincère et chaleureuse.

– Est-ce que Sridjé vous l'a dit ? Kanoa a rompu avec lui, il y a deux semaines.

– Oh ?! s'exclame Sara.

– Non. Aucun de ses imels récents ne nous en parle, précise Tim.

– Ça ne m'étonne pas, il a encore du mal à y croire… mais il est quand même un peu en colère.

– Tu sais pourquoi ?

– Pas vraiment…

Puis ils restent silencieux un long moment et se laissent distraire par l'animation dans l'aire de campement qu'ils traversent.

Quinze minutes plus tard, ils entrent dans le tipi et ils y retrouvent Aminata et Matt.

Ils sont quatre à échanger des bises en présence de l'australien qui se montre impassible. Après quoi Aminata énonce les prénoms de Léo et Matt. Les deux hommes qui n'ont que deux ans d'écart et sont les plus âgés du groupe, échangent des hochements de tête.

– Salut !

– Salut ! Ravi de te connaître, dit Matt.

Léo quant à lui n'a pas vraiment l'air enchanté. Et il observe l'australien avec une acuité qui installe un léger malaise.

Seuls Sara et Tim devinent que leur ami brésilien est encore plus ou moins amoureux de la jeune française et que la présence de Matt le rend jaloux.

Aminata et Léo ont en commun d'aimer vivre au bord de l'océan. Le même océan mais dans une ambiance tellement différente. Ils se sont connus à Biarritz, une année auparavant. Léo avait été invité à la demande de Sara et Tim pour une semaine de vacances.

Et il avait été attiré immédiatement par la belle Aminata mais sans jamais le montrer clairement.

Aminata, elle, n'avait rien remarqué, encore obnubilée par la disparition d'Iban survenue pourtant deux ans plus tôt. Sara et Tim s'en étaient aperçu dès le premier jour mais, par pudeur et par amitié, ils s'étaient abstenus d'y faire la moindre allusion.

Finalement, le dernier jour sur la plage, tandis que les deux jeunes femmes s'amusaient dans les vagues légères, Léo s'était confié partiellement. Le brésilien se sentait terriblement freiné par une trop grande différence sociale et culturelle. Tim lui avait affirmé qu'il se leurrait, que pour Aminata seule l'intelligence du cœur comptait. Mais il avait aussi deviné que Léo était probablement prisonnier d'une fidélité quasi filiale et excessive envers sa grand-mère. Avec le temps son ami semblait avoir renoncé à tenter sa chance.

C'est Sara qui distrait Tim de ses souvenirs :

— Et si on s'asseyait ?… propose-t-elle.

La question banale atteint son but en mettant fin au flottement embarrassé mais aucun d'eux ne bouge. Sauf Léo qui demande s'ils ont croisé Justin depuis leur arrivée. Sara lui répond que non mais qu'il a peut-être retrouvé Elena. Elle ajoute qu'ils ne l'ont pas encore vue non plus.

Envahi d'un pressentiment, Léo décide d'aller à Fargo chez Justin.

— Ah bon ?! s'exclame Sara.

— Écoute, c'est pour vérifier que tout va bien, précise-t-il.

À la surprise de tous, Matt propose d'accompagner le brésilien.

— Hein… mais pourquoi ? s'étonne Léo.

— Pour découvrir un peu Fargo…

— Tu vas y rester après mon retour ?

— Heu… non. Je reviens ici avec toi.

— Mais moi, je n'irai pas dans le centre ville…

— Ah… no blème, c'est juste pour un coup d'œil.

L'insistance de Matt les déroute tous, même si pour eux transiter est presque aussi simple que de passer d'une pièce dans une autre. Presque : le flashgone est à mille trois cents mètres du tipi. Léo le regarde encore en hésitant puis accepte d'un signe de tête : il décide que c'est une occasion pour évaluer l'australien. Il le suspecte d'être un indic qui moucharde les codes des flashgones pour des mafias ou des flics. Et il a l'intuition que l'absence de Justin et Elena est anormale.

— OK. Let's go !

— Prenez les VTT, intervient Tim.

Ensuite il sort avec eux et leur donne les codes des chaînes antivols.

06

Un homme d'une trentaine d'années, coiffé d'un haut de forme fuchsia à paillettes, vêtu d'un unique maillot de bain rose, le ventre bedonnant entouré d'une ceinture garnie de grelots qui tressautent à chaque pas et chaussé de bottes en toile, interpelle Elena en anglais après un salut en espagnol.

– Holà linda chica !… envie d'un thé vert ?

« Merde, encore un qui espère que ça va être la teuf de la teub ! ». Elena se prépare à envoyer le mec au diable mais elle remarque les bretelles doublées de tissu qui révèlent que le type porte un sac à dos. Il en sort un tuyau terminé par un petit robinet en plastique. Elle opte pour l'indulgence : il faut vraiment être généreux pour se trimballer avec un tel attirail et offrir du thé. Et il arbore un sourire tellement joyeux et presque enfantin qu'elle se persuade qu'il n'est pas un **bite-nique**.

– Du thé chaud ? Certif ?
– Sí señorita ! Mais j'ai pas de sucre…
– Quelle négligence !…
– Euh…
– Je déconne, mec ! J'en veux !

Le type sourit encore et fait apparaître, comme par magie, un gobelet en plastique. Puis il le remplit en manœuvrant le petit robinet qui termine le tuyau. Mais pas à ras bord pour laisser la possibilité de le saisir sans se brûler.

– Incroyable ! Il est giga chaud ! Merci !
– Welcome !
– Tu envisages de désaltérer tout le Saving Man ?
– Ah ah !… que les très jolies filles.

Malgré tout, avant de boire son gobelet, Elena retire d'une pochette en plastique glissée dans son bikini deux bandelettes de papier et les trempe dans le liquide. Elle s'assure ainsi qu'il n'y a aucune drogue dans la boisson, du GHB ou de la kétamine parmi d'autres. Avec insistance, elle a donné des bandelettes de test à Sara et Aminata et même aux hommes du groupe, en guise de cadeau à Noël. Et si elle a dû insister auprès de ses amis, c'est parce que le kit de dépistage coûte la peau du duc et qu'elle est la seule du groupe à être assez friquée pour se le payer.

Elena est suffisamment mûre et autonome pour vivre seule à Venise, dans l'appartement de sa mère Téa. Une mère qui vit avec Alessio, son père, en communauté dans les Dolomites. Mais Elena aime trop la Sérénissime où elle a vécu depuis sa naissance. Et puisque la famille est assez fortunée pour qu'elle vive sans même avoir besoin de troquer, elle ne transite ici et là sur la planète que pour le fun et avec l'audace de sa jeunesse.
Mais elle n'est restée qu'une fois et seulement pour deux jours chez Sara et Tim, car la communauté du Witz est trop loin d'une ville et implique trop de règles de vie. Biarritz, Natal et Málaga, villes d'océan et de mer, ont eu ses faveurs beaucoup plus souvent. Quant à Fargo, elle y est allée plusieurs fois, même en hiver, car elle adore Justin…
Elena remercie le donneur de thé ambulant en lui offrant deux bises. Et après lui avoir demandé son prénom, elle est soulagée de voir que Diego ne la suit pas. Elle est maintenant certaine d'être en sécurité mais les palabres de dissuasion l'embarrasse toujours…

En marchant lentement et en savourant la boisson, elle hume ici et là des odeurs de grillades ou des effluves de hasch. Mais c'est une odeur de vanille qui l'étonne un peu. Et elle entend des exclamations, des appels, des rires, des prénoms, des appels toujours ravis, parfois surpris.

Très souvent, celles et ceux qu'elle croise, en sus de leurs vêtements toujours décalés, arborent des cerceaux, des bracelets fluos ou même de légères guirlandes de Noël reliées à une petite batterie rechargeable. Les airs de musique se mélangent aussi allègrement que les femmes et les hommes. Au milieu de cette soupe de morceaux musicaux, elle reconnaît *Happy Stew* de *Tracy Tizen* dont elle est **fétiche**.

Soudain une ado, probablement de son âge, se détache d'une sculpture à taille humaine et lui propose des free hugs, des câlins gratis. Elle est vêtue d'un short noir ultra moulant agrémenté de rubans organdi blancs et d'un bustier porte-jarretelles noir en dentelle dont les sangles retiennent des petites clochettes. Elena détaille l'ado de la tête au pieds et devine qu'il ou elle est transgenre. Elle lui trouve un air bienveillant, échange une étreinte, se laisse enivrer par son parfum de musc et d'ambre puis s'en arrache à regret.

Elle croise un type avec un **ticheurte** iconoclaste sur lequel la tête d'éléphant du dieu hindou Ganesha a été insolemment dotée d'attributs sexuels : une teub au lieu d'une trompe, avec de part et d'autre deux litchis bien rouges. Elle se dit que Ganesha ne manque sûrement pas d'humour et qu'il n'en voudra pas à cet hurluberlu d'ailleurs doté d'une tronche de rat…
Ensuite elle sort de l'aire de campement et marche maintenant dans l'espace situé au sud des trois bâtiments de l'élevage, à huit cents mètres de là.

Cette partie du désert est dédiée aux happenings et aux installations artistiques dont elle se demande, dans certains cas, si c'est **de l'art ou du pochetron**…

Elle passe à côté d'un piano droit, peint aux couleurs de l'arc-en-ciel, dont personne ne joue et qui sera foutu dès la prochaine tempête de sable. Elle égrène quelques notes pendant une minute puis elle abandonne après avoir attiré quelques auditeurs mâles plus fascinés par son corps que par ses accords.

Elle les laisse sur la touche pour aller observer des joyeux lurons qui jouent à un chamboule-tout avec des canettes de bières qui seront ensuite recyclées. Ici comme ailleurs dans le Saving Man on offre à boire et certains s'arrêtent pour picoler sans modération. Elena qui a déjà bu plusieurs verres depuis ce matin, à intervalles espacés, en tentant de se modérer, est tout de même bien éméchée.

Elle se remet en marche distraitement. Mais elle est aussitôt stoppée par un paltoquet qui s'arrête juste devant elle et qui semble vouloir lui barrer le passage. Encore un qui veut la **gauler**… Ce qui ne l'étonne pas vraiment : ce sera comme ça pendant toute la durée du festival. Pourtant là, ce quidam elle le sent pas. Mais alors pas du tout. Et elle trouve que sa façon de se fringuer, ici au Saving Man, est **nullache**.

Il porte des lunettes de soleil alors qu'il fait nuit, sûrement pour planquer son regard halluciné de camé, un bob noir banal, un masque chirurgical blanc et un justaucorps noir moulant à motif d'écailles. Et aussi, seule chose dans l'ensemble qu'elle trouve plutôt fun, des grandes chaussures d'une taille disproportionnée comme celles d'un clown. Pourtant ce n'est pas ce déguisement qui lui semble le plus zarbi. Le type l'horripile mais elle ne pige pas pourquoi elle n'arrive pas à envoyer paître ce bourrin.

En fait, elle souhaite éviter une altercation inutile et stupide mais sans parvenir à le contourner bien qu'il reste immobile.

Au bout de quelques secondes qui semblent avoir duré des minutes, c'est lui qui la dépasse. Et à son grand étonnement, Elena se retourne pour lui emboîter le pas. Comme si elle était hypnotisée. Elle est pourtant certaine d'avoir testé chaque verre qu'elle a bu depuis ce matin. Et si quelqu'un avait usé du « **souffle du diable** », même privée de volonté, elle s'en souviendrait.

C'est donc sans comprendre pourquoi elle est subjuguée qu'elle se voit emmenée jusque dans une vaste tente où se trouvent déjà d'autres personnes aux yeux flous. Elle constate la présence d'un deuxième type, quasiment identique à celui qui l'a abordée. Ensuite, à son grand désarroi, elle reconnaît Justin parmi les dix sept autres raptés. Mais impossible de lui parler. Et de toute façon, il semble dormir debout…
Moins d'une minute plus tard, tout le groupe sort en file indienne. Il traverse le festival sans être remarqué dans l'ambiance festive, dans la foule en mouvement, et s'éloigne vers l'est dans le désert.

–{o}–

Dans le tipi, après le départ de Léo et Matt, Sara et Tim racontent à Aminata quelques souvenirs du mois de février précédent :
– Ami, tu n'as pas eu la chance de découvrir Fargo dans le blizzard, plaisante Tim.
– Blizzard, vous avez dit blizzard ?… dit-elle sans insister sur son allusion pour laisser ses amis continuer leur récit.
– Moi j'ai bien aimé la journée de tempête ! affirme Sara.
– Pasqu'on étaient tous bien au chaud ! Sinon…
– Et que les sept autres jours ont été cléments ! concède la jeune andalouse.

– Oui… je suis bien aise de ne pas avoir eu a subir des moins dix, moins cinq ! dit Tim.

– Un froid effroyable qui fait fuir même le diable… fredonne Sara sur l'air d'une comptine suisse.

– On peut le dire. Mais il y a vingt ans c'était pire : dans le Dakota du nord, ils ont eu des records de moins quarante quatre… et pas en Farenheit !

Fargo : de nombreuses façades en briques rouges sombres sous un voile souvent gris et des rues larges partiellement déneigées dans lesquelles quelques arbres noirs semblent vouloir griffer le ciel. Seules les avenues principales du centre avaient été dégagées par un vrai chasse-neige motorisé et, comme dans toutes les villes, les lentilles des feux de circulation avaient été volées pour être vendues après recyclage.

Il y avait encore des grands arbres au centre ville car il était trop long et trop risqué de les tronçonner, même la nuit… De toute façon, les véhicules à carburant étaient rares et, quand il en passait un, la prudence était de mise aux carrefours : les fort-thunés se foutaient des priorités à droite. En revanche, ils étaient tous bien armés et violents dès la moindre tentative de **vol-du-volant**. Heureusement, avec la neige, la vitesse restait réduite.

Ironiquement, une station-service, fortement protégé par des grilles solides, avait été transformée en magasin d'alcool. Ceux qui stationnaient une minute ou deux sous l'auvent resté tel quel venaient en carrioles attelées à un âne ou à un cheval.

– Malgré ce froid, on a pas abusé des quarante cinq degrés du bourbon et des quarante huit de la cachaça, dit Tim faussement sentencieux, un index levé.

– Eh… vous m'aviez caché ça ! raille Aminata.

Ils étaient allés à Fargo pendant sept jours pour bosser mais sans renoncer à des soirées ludiques.

Et le soir du blizzard, Justin étant fan des deux frères, ils avaient regardé avec plaisir un troisième film de *Joël et Ethan Coen* :*The Barber*. Ils avaient inversé l'orientation du sofa et des deux fauteuils pour faire face à un mur resté blanc jusqu'à ce que le vidéo-projecteur l'anime.

Justin, ouvrier agricole l'été dans les champs de céréales, est déneigeur l'hiver pour les giga friqués qui résident dans une gated-comm. Il a fabriqué une étrave en bois et métal qu'il installe devant sa charrette, sous les brancards. Et c'est Mister Ed, son cheval de trait, qui tire lentement l'ensemble. Mais pour dégager des tranchées jusqu'aux portes et portails, il faut des bras humains et des pelles. Le job avait été d'aider Justin au déneigement. Lui avait été payé en imoni et il avait partagé les gains entre Kanoa, Léo, Sara et Tim. Il avait pris deux sixième du total pour lui, ce que tous avaient trouvé normal puisqu'il fournissait le matériel.

Sara et Tim avait fait connaissance de Justin par l'intermédiaire de Léo lors de ce premier séjour. Tim avait imaginé bêtement rencontrer un **gandin** toujours élégamment fringué et la réalité était à mi-chemin de ses idées préconçues puisque même en salopette Justin avait une dégaine stylée. Un jeune homme de trente et un ans, plutôt petit, aux yeux bleus outremer pétillants, aux cheveux roux coiffés couture.

Le mois de février avait été inhabituellement lesté : plusieurs chutes de neige avaient déposé jusqu'à quatre vingt centimètres sur l'agglomération de deux cent trente quatre mille habitants qui réunit Fargo, North Dakota, et Moorhead, Minnesota, à l'est de la Red River. À croire que le réclim n'était pas arrivé jusque là… « Un climat de haute montagne dans les grandes plaines » avait dit Tim.

Le dernier jour, sous un ciel bleu et glacé, ils s'étaient amusés, avec deux voisins et leurs enfants, au « jockey sur glace » :

un genre de rodéo sur une énorme boule de neige compacte. Le but de ce jeu, baptisé ainsi par Justin, étant de rester assis sur la « bull » de neige, nommée ainsi par Tim. Une corde fixée au centre de la boule était ensuite tirée doucement par Mister Ed.

Mais malgré la bonne volonté du cheval et la passivité de la boule, personne n'avait tenu plus de quelques secondes, à la grande joie de tout un chacun.

Ils avaient aussi partagé des fromages de Suisse et de France : Justin, Kanoa et Léo avaient découvert la fondue et la raclette avec un enthousiasme plus ou moins mitigé. Sara avait adoré la couleur ambrée du bourbon, magnifiée par les flammes dans la cheminée, mais était restée dubitative sur la couleur orange du goulash, une soupe préparée par Justin et qui avait été au menu de plusieurs soirs. Pourtant ils avaient aimé d'autres plats d'origine scandinave, assez courants dans le North Dakota.

Tim avait troqué du blé dur, moins cher ici, pour la préparation de pâtes au Witz. Car si la communauté cultive de l'orge de printemps et d'hiver ainsi que du seigle, et se nourrit surtout de son vaste potager en permaculture, elle n'est pas totalement autonome. Quant à Justin, Kanoa et Léo, comme de coutume, ils avaient fait des deals de café du Brésil ou d'Hawaï en échange de Straight Bourbon.

Au grand soulagement de Sara et Tim, Justin étant amateur de café, il n'avait donc jamais proposé un breuvage réchauffé pendant des heures sur la cuisinière… À l'inverse, il avait concocté un nectar avec une authentique cafetière italienne en inox. Et c'est sur sa cuisinière à bois équipée d'un four qu'ils avaient préparé tous les autres repas plus ordinaires.

Un midi Tim avait demandé :

— Est-ce que les gens du North Dakota mangent du chien de prairie ?

– Il y en a qui s'en régalent… mais pas les blancs.
– Les blancs n'en mangent pas ?
– Si. Mais personne ne consomme les chiens de prairie de couleur blanche.
– Mais pourquoi ?
– Ils sont devenus trop rares.
– Et toi ?
– Moi ? Je n'en ai jamais mangé, quelle qu'en soit la couleur !
– Eh bien en Europe, depuis quelques années, nombreux sont ceux qui bouffent des hérissons…
– Et des grenouilles ou des escargots ?
– Aussi. Mais on le faisait déjà avant The Cry…
– Beurk ! Vous en bouffez, vous ?
– Non ! Mais il nous arrive de manger certains insectes…
– Beurk ! avait répété Justin avec une emphase délibérée qui les avait fait rire.

Un soir, tandis qu'ils sirotaient devant la cheminée, affalés dans le sofa et les deux fauteuils quasi cubiques mais moelleux, Justin avait rompu un silence tranquille pour annoncer : « Ma grand-mère maternelle était Lakota ». Et il avait précisé pour ses quatre amis : « L'un des groupes ethniques des Sioux ». Ensuite, il avait évoqué la culture amérindienne, les pow wow et avait fini par leur proposer une **sweat-lodge**, ou Inipi en langue Lakota.
Quelques séjours dans la réserve de Pine Ridge dans le Dakota, lui avait donné l'occasion d'en faire l'expérience, se découvrant ainsi une affinité sincère avec les Sioux. Ils avaient donc construit une hutte derrière la maison pour pouvoir se vêtir vite après le rituel et courir se réchauffer devant la cheminée.
Le moment venu il avait neigé et les flocons fins avaient fini par donné un air d'igloo rougeoyant à la hutte proche du grand feu dans lequel chauffaient les pierres.

Ils s'étaient dénudés au crépuscule, le corps d'abord ensuite plus encore, l'âme. Puis, avec des rires, ils étaient entrés en s'inclinant et en disant « Mitakouyé Oyasin » : je salue tous les êtres humains, tous les miens, au plus près de la Terre Mère.

07

À Fargo, il est 16:11 lorsqu'une vive lueur illumine brièvement toute la salle de séjour chez Justin. Dans un angle de la pièce, Léo et Matt se matérialisent. Puis seule la lumière solaire éclaire la pièce ainsi qu'un couloir qui leur fait face, au travers de deux fenêtres légèrement voilées par des rideaux très fins. Léo remarque immédiatement la seule porte fermée : celle qui donne dans la chambre de Justin.

  – J'espère qu'ils ne sont pas en train de bourriquer… murmure-t-il en s'éloignant de Matt.

  – Qu'est-ce que tu dis ?

  – Hein ? Rien, rien…

Matt fait une grimace : il est agacé de voir que Léo a éludé sa question. Il n'insiste pas et pendant que le jeune brésilien ouvre la porte d'une chambre après avoir toqué trois coups, il examine les lieux. Il compte quatre autres portes ouvertes, probablement deux autres chambres et la cuisine et la salle de bain. Il constate que le grand poêle cylindrique est encadré de bûches à gauche et de fagots à droite, rescapés de l'hiver. Ils sont contenus dans deux coffrages en briques réfractaires visiblement ajoutés dans cette pièce.

Mais ce qui attire vraiment son regard sur les murs du séjour, ce sont quatre copies qu'il reconnaît car il est fétiche de ce peintre : Edward Hopper.

Pas assez cependant pour se souvenir des titres des œuvres : une maison à côté d'un phare jaune et blanc, une antique station essence avec trois pompes rouges, un bar vert avec un comptoir marron, une jeune femme en robe blanche assise sur les marches d'un immeuble gris.

Léo a fait le tour des autres pièces et revient se planter devant Matt, en énonçant une évidence :
  – Y'a personne… mais **Sridjé** est peut-être à Hawaï.
  – Sridjé ?
  – Ah ouais… c'est vrai, tu ne connaissais pas son surnom.
  – Eh non.
  – C'est Sridjé… pour les amis.
  – Il y a trois J dans son nom ?

Un peu étonné que Matt ait tout de suite pigé le sens du surnom, Léo ajoute :
  – Oui, son nom complet, c'est Justin Jethro Jogdow.
  – OK.
  – Et il est gay.
  – Ah !
Léo hausse les sourcils avec une mimique interrogative. Devant le silence de Matt, il insiste :
  – À t'entendre, on dirait que t'es pas **gaymable**…
  – Quoi ?
Léo réalise qu'il a utilisé le mot franglais et rectifie :
  – Gay-friendly…
  – Euh si… c'est pasque tu me donnes les deux infos comme si elles étaient liées…
  – Hein ? Non, aucun lien. Je peux te dire aussi que Justin aime le bourbon et que son ex se nomme Kanoa…
Léo scrute Matt et le sent mal à l'aise, sans deviner la cause.

– Toi aussi, t'es gay ?

– **Djee** ! Pas du tout !

Matt tourne le dos à Léo, apparemment pour regarder avec acuité le phare jaune et blanc.

– Alors quoi ?

Et l'australien répond sans se retourner :

– Il y a deux jours, j'ai regardé *Priscilla, folle du désert*…

– Qui ça ?

– Personne… c'est un film australien de 1994, un road movie plein d'humour… l'histoire de deux drag queens et d'un trans qui vont de Sydney à Alice Spring dans un bus. Et en fait, c'est le bus qui se nomme Priscilla !

Totalement dérouté, Léo ne voit pas où Matt veut en venir, ni en quoi cela peut expliquer son étonnement. Mais il renonce à en savoir plus et balance, après un léger sifflement admiratif :

– Wow, tu regardes des vieux films !

Matt lui fait face.

– Je suis cinéphile, affirme-t-il d'un ton neutre.

– Ça vous fait un point commun… Sridjé est très cultivé. Et il m'a appris une flopée de choses sur l'art, pas seulement le cinéma ou la peinture.

– Ah…

– Alors t'as sûrement vu *Fargo*, le film d'*Ethan et Joël Coen* ? Il est de la même époque, je crois…

– Non, connais pas… mais jusqu'à aujourd'hui, je ne connaissais même pas le nom de cette ville.

– C'est vrai que Fargo n'est pas la ville la plus connue des USA…

Léo est allé se planter devant une des fenêtres, en écartant légèrement le rideau comme pour guetter une arrivée éventuelle de Justin. Matt jette un coup d'œil à une pile de CD posée sur un antique lecteur gros comme une petite mallette.

– Je vois qu'il écoute aussi de la musique des années soixante
dix : *Yellow Submarine, Let It Be...*
– Les *Beatles* sont indémodables, non ? commente Léo sans se
retourner.
– Si ! En revanche, *Avishaï Roth* je ne connais pas...
– Pourtant, c'est nettement plus récent. C'est du néo-jazz, précise
Léo.
– Ça me plairait sûrement.
Léo se retourne et se rapproche de Matt :
– Alors... tu crois que Sridjé est une folle, c'est ça ?
– Pas du tout ! Et que ce soit bien clair : je suis gaymable...
– Hmm... OK.

Le brésilien jauge l'australien pendant une bonne minute, puis
continue :
– Kanoa vit à Hawaï... ils se sont embrouillés, il y a deux
semaines... mais ils ont peut-être renoué.
– Et donc, tu supposes qu'il est à Hawaï ?
– Vu qu'il n'est ni ici ni au festival...
– Il n'aurait pas fait une connerie, quand même ?
– Sûrement pas. Sridjé kiffe trop la vie !

Léo éclate d'un rire bref : il se souvient de l'air espiègle de Justin, à
Noël, avant de sonner chez des vénitiens pour leur proposer *Frosty
the snow man*, une chanson qu'il était le seul à connaître, laissant
ses amis, réunis en une chorale déjantée et improvisée, fredonner le
refrain.
– Donc on y va ? demande Matt.
– À Hawaï ? On peut pas, je connais pas le code. Et ce serait trop
intrusif.
Un carillon éolien tintinnabule devant la porte d'entrée. Léo et Matt
échangent un regard étonné.

– Ça pourrait être des flics ? s'inquiète Matt.
Léo ne répond pas et va vérifier en retournant près d'une fenêtre, sans tirer le rideau. Après quoi il se dirige vers la porte et l'ouvre.
– Hi Zack !
Le visiteur, une clé dans la main, semble surpris : il vient de bousculer le carillon involontairement et allait entrer en pensant la maison vide. Mais en reconnaissant Léo :
– Hey Léo ! Sridjé n'est pas parti ?
Léo s'écarte pour laisser passer Zack.
– On sait pas. Tu l'as vu aujourd'hui ?
– Non. Mais je viens pas ici tous les jours…

En réponse au regard insistant de Zack, Léo fait les présentations. Les deux hommes se saluent d'un hochement de tête et d'un échange de leurs prénoms.
– Je viens pour Mister Ed, précise Zack comme pour se justifier.
– Qui ? s'étonne Léo.
– Le cheval de Sridjé
– Ah oui !
– On a un deal : je m'en occupe pendant son absence.
– J'avais oublié…
– J'ai aussi le double d'une clé du garage… mais avant je voulais récupérer mon Stetson.
Zack va jusqu'à la table basse où se trouve un chapeau en feutre style cow-boy dont il se coiffe. Il hausse les sourcils et ouvre la bouche mais la question qu'il allait poser ne sort pas. Il semble penser qu'il serait indiscret de demander pourquoi ces deux-là sont chez Justin en son absence.
– Eh bien, je vais m'occuper de Mister Ed… le sortir pour le dégourdir un peu.
Ayant dit cela, il affiche une grimace qui peut passer pour un sourire et il sort suivi des deux visiteurs.

Matt observe la maison de Justin, d'un seul niveau, flanquée de deux garages accolés. Il estime qu'elle a été construite dans les années quatre vingts, à une époque où l'américain moyen pouvait posséder deux voitures. Depuis, l'isolation a été améliorée en ajoutant une couche de paille dans une ossature en bois sur les murs extérieurs. Les deux garages sont fermés à clé. L'un sert d'écurie et l'autre à stocker le bois de chauffage ainsi que la charrette de Justin. Zack ouvre celui dans lequel Mister Ed dispose d'une stalle et de fourrage. Le cheval hennit de plaisir lorsqu'il découvre l'ami de Justin.

— Au Witz, il y a aussi un cheval de trait. Une jument plus exactement… qu'ils ont nommée « Jolie Jeumperpa » ! précise Léo en riant doucement, pour lui-même.

Et il ajoute, sur un ton d'excuse :
— En français, c'est un jeu de mot… difficile à traduire en anglais.
— Au quoi ?
— Au Witz. C'est le nom de la communauté de Tim et Sara, en Suisse.
Matt hoche la tête et renonce à bien comprendre de quoi parle Léo qui ajoute :
— Ils ont aussi des poules, des abeilles, des chats, un chien…
— Hmm… je vois. Ils vivent donc quasiment en autarcie ?
— Oui. Mais eux aussi troquent des tas de choses.
— Moi, je ne sais pas si je pourrais vivre en communauté…
Léo scrute Matt avec acuité. L'australien envisage-t-il de demander à vivre au Witz ? Étonné par ce regard insistant, Matt espère détourner la curiosité du brésilien en ramenant la conversation sur son ami.
— Et Justin a toujours vécu à Fargo ?
— Oui. Il a hérité cette maison de ses parents… qui sont décédés. Une chance…

Matt regarde Léo avec étonnement.

– Qu'il soit propriétaire… pas que ses parents soient morts !

– Désolé pour lui.

– Ici, dans ce pays, quand tu peux pas payer un loyer, on te fout dehors en moins d'un mois. Et les flics débarquent l'arme au poing pour te virer…

– Ça ne m'étonne pas…

– J'imagine que c'est pareil en Australie ?

– Malheureusement…

– Mais c'était déjà comme ça il y a vingt ans ! Sauf qu'à l'époque, les plus pauvres pouvaient encore recevoir des food stamps…

– Des quoi ?

– C'étaient des bons alimentaires. L'état en donnait depuis la seconde guerre mondiale.

– Et ce n'est plus le cas ?

– Non. Et avant, ils avaient encore des bagnoles et au pire ils pouvaient dormir dedans…

– Alors ils se tirent tous dans les états du sud, je suppose…

– Ouais, les campements sauvages y pullulent !

Dans ce lotissement typiquement américain et si semblable à ceux d'Australie, vingt ans auparavant des pelouses et quelques arbres entouraient des maisons toutes plus ou moins identiques, construites la même année, celle de la création du quartier. Là où ni haies ni barrières ne séparaient les propriétés, il y a maintenant des fils de fer auxquels sont suspendus des carrés de tissus qui s'agitent mollement dans la brise légère : ils délimitent des petits potagers qui remplacent les pelouses.

Matt s'étonne que le quartier ne soit pas devenu une gated-comm. Lui, à Perth, il vit dans ce genre de quartier fermé et surveillé. Mais il ne l'a pas choisi car lui aussi a hérité la petite maison dans laquelle il réside.

– Si Justin était allé en ville, il n'y aurait ni cheval ni charrette, affirme Léo en revenant vers Matt après avoir laissé Zack prendre soin du cheval de trait.

– On est loin du centre ?

– On est au sud de la ville, entre Bennett Park et la Red River qui fait la frontière avec le Minnesota.

– Et donc loin du centre ?

– Assez. Pourquoi ?

– Comme ça…

– T'aimerais t'y balader ?

– Une autre fois. Si Justin m'invite…

– Sridjé est très accueillant. Tu pourras transiter chez lui, j'en suis sûr.

Mais Léo ne veut pas se mouiller : transiter, cela veut dire passer par ce flashgone mais sans être obligatoirement hébergé.

– Tu le connais depuis longtemps ?

– Presque deux ans. Sridjé est comme un frère… c'est un type généreux et plein d'humour. On a un deal : Justin me fournit en bourbon du Kentucky et moi je lui apporte de l'arabica… que je troque plus au sud, dans l'état du Minas Gerais, quand je vais chez Séverino, un ami.

Léo semble assez fier de sa petite affaire et Matt s'abstient de sourire. Et d'ailleurs, un tel troc le tente :

– En Australie, on produit aussi du bourbon…

– Ah ouais ?!… je sais pas pourquoi mais les fort-thunés du Brésil raffolent de cet alcool. Depuis deux ans environ, c'est couture.

– Super !

– Ça te tilte de troquer du café ? Le bourbon australien pourrait plaire aussi.

– Hmm… pourquoi pas… mais j'ai pas de réseau pour le vendre. Faut voir…

– OK. On en reparle après le Saving Man ?

Matt est un peu dérouté par l'attitude variable de Léo, parfois distant, parfois sympa. Alors il répond d'un ton laconique :

– Oui.

Le brésilien fait un geste circulaire, un peu comme s'il allait lancer un lasso, et dit :

– On rentre et on repart ?

– Let's go !

Ils échangent des signes de la main avec Zack toujours affairé avec Mister Ed. Puis ils rentrent et se placent dans l'aire du flashgone, délimitée chez Justin par un cercle de peinture. Alors que Matt contemple de nouveau les œuvres d'Edward Hopper, Léo lui touche une épaule et demande :

– Il est quelle heure ?

Matt regarde sa montre :

– Vingt trois heures quarante quatre. Je l'ai réglée à l'heure espagnole.

– Et donc, c'est le même code ?

Matt acquiesce d'un hochement de tête.

– *Abbey Road*, dromedarios violeta, énonce Léo.

Un grésillement doux ainsi qu'une lumière éblouissante envahissent la pièce. Et ils disparaissent instantanément.

08

Pendant ce temps, à l'est de l'aire de campement, un homme trébuche sur un caillou gros comme le poing et lâche un juron en marathi. Irfan, fortement **chanvré** sans l'avoir vraiment voulu, a eu envie de prendre l'air dans le désert, de s'isoler un moment du tourbillon du Saving Man. Il fume rarement de l'herbe mais ce festival offre trop d'occasions faciles. Il se sent donc bien planant, même si la sensation physique la plus forte pour lui a été de passer du déluge de la mousson d'été à la sécheresse des Bardenas Reales, après avoir transité de Mumbaï jusqu'en Espagne.

Dans le mouvement, son dastar est tombé. Mais il se dit que c'est dans la logique de son karma car il n'est pas Sikh et c'est un turban porté par les hommes de cette religion. D'ailleurs le sien est une imitation, un déguisement tout fait, un genre de chapeau pour s'amuser pendant ce Saving Man. Et là, Irfan se demande s'il va se détendre et savoir apprécier le festival. Depuis ce matin, il s'inquiète d'avoir laissé sa mère seule. Et maintenant d'avoir abusé de la weed…

À vingt huit ans, il est toujours célibataire et vit avec Lalita. Chaque fois qu'il en parle, il tient à préciser que sa mère est veuve et n'a pas les moyens de payer un loyer.
Tandis que lui, Irfan, son seul fils, manager d'un call-center peut s'offrir un logement dans un quartier correct.

C'est donc lui le bienfaiteur effectif. Mais il serait indécent qu'il laisse sa mère survivre dans l'un des nombreux bidonvilles de cette agglomération de vingt millions d'habitants. Qui plus est, il travaille la nuit. Et donc, Lalita sa douce mère et lui ne font que se croiser la plupart du temps.

Irfan ramasse son simili dastar, se redresse et revient dans l'ici et maintenant. La Lune et la Voie lactée doucement scintillante lui permettent de distinguer des silhouettes en file indienne. Un léger agacement le traverse : même dans le désert, c'est raté pour un moment de solitude !

D'une poche de ceinture, il retire son smartphone et interrompt un chant de *Snatam Singh*. Selon lui, le récent CD de l'artiste, intitulé *Yashodhara*, est un vrai bijou. Mais il souhaite écouter pour vérifier si ce groupe est là pour faire une teuf ou une joyeuse orgie sexuelle...

Après quelques secondes, ce qui l'étonne le plus c'est le silence : dans ce groupe, personne ne parle. Et aucune musique ne lui parvient. Pas même le son ténu des écouteurs d'un baladeur ou d'un smartphone. Le premier type de la file marche bizarrement, peut-être est-il bourré...

Lorsque le groupe n'est plus qu'à quelques pas de lui, Irfan est immédiatement subjugué par la beauté et la grâce de l'adolescente qui vient juste derrière le chef de file.

Ensuite il se sent vaciller et se dit que les deux, le charme de l'ado et la weed, le font planer d'un degré au-dessus... Car il ne se sent plus maître de ses mouvements qu'il maîtrisait déjà moins et se voit obligé de s'intercaler dans la file derrière la fille, en écarquillant les yeux comme des billes...

Dans un premier temps, Irfan ne comprend pas la situation. Il sait qu'il est chanvré mais pas au point de suivre une ado, même incroyablement sexy.

Pourtant, dans cet état second, il pige que tout ce groupe, lui compris, est dans un état cataleptique. Et maintenant, il se demande anxieusement où ils vont. Une minute plus tard, il distingue une ombre ovoïde qui luit plus ou moins au clair de lune. Il pense qu'il s'agit d'une grande sculpture installée par des originaux du Saving Man, des adeptes d'un art cynique.

–{o}–

Au même moment, à l'ouest de l'aire de campement, un homme titube en braillant sous les étoiles la chanson russe du *Trololo*. Mais il est tellement bourré avec divers mélanges, dont la vodka bien sûr, qu'il serait de toute façon incapable de se souvenir des paroles d'une chanson. En fait, et c'est bien pour ça qu'il chante celle-ci : elle est sans texte. Il serait plus exact de dire qu'il la baragouine tant il est loin de la version originale d'*Edouard Khil*.

Pavel a dédaigné les toilettes sèches pour aller pisser tout à son aise dans la nuit et l'air encore tiède. Et pendant qu'il cafouille avec sa braguette à boutons, il fantasme sur Mériem, sa si jolie meuf restée à Saint-Pétersbourg. Non seulement elle n'aurait pas refusé de l'aider mais elle se serait certainement octroyé le plaisir de la lui rincer à la vodka puis de la lui sucer…

Hélas, Mériem déteste subir les hallus consécutives à un **flash** et elle en est victime à chaque fois. Qui plus est elle supporte mal le **flash-lag**.

Il a envisagé de renoncer à cette virée au Saving Man mais Mériem a insisté pour qu'il ne s'en prive pas. Et elle a préféré continuer de bosser : elle est pet sitter, pour des giga friqués évidemment.

On lui a confié deux mignons petits chiens pour une semaine, celle du festival justement.

Pavel vit avec elle depuis dix ans, dans un grand appartement hérité de ses parents, proche du théâtre Mariinsky et de la cathédrale Saint-Isaac à deux cents mètres de la Néva. Ce logement est son seul luxe. Avec peut-être ces sept jours en Espagne. Un festival dont la totalité des participants pourraient d'ailleurs tenir, en ce début de festival et sans trop se serrer, dans la cathédrale.

Après avoir pissé, il bataille pour se reboutonner. « **Éta oujasna !** » braille-t-il dans le silence du désert. Tandis qu'il continue de vaciller entre tangage et roulis, il lève les yeux et aperçoit un enfant sur un tapis volant. Ou ce qu'il croit être un enfant, car la petite silhouette ne porte aucun accessoire fluorescent, bracelet ou autre, à l'inverse de la grande majorité des fêtards du festival. Et là, Pavel se dit qu'il a vraiment trop picolé : le môme est certainement sur une monoroue… Le russe tourne la tête de droite à gauche et inversement comme pour nier ce qu'il voit. Mais c'est une nausée qui lui vient. Non, il ne rêve pas : il n'y a rien sous la petite plateforme.
« Et merde, c'est que le premier jour… si Mériem était là, j'aurais modéré ma conso… honte à moi ! »
Mais le clair de lune est suffisamment intense pour qu'il distingue la petite silhouette qui flotte lentement au-dessus du sable. Il semble que le tapis soit circulaire et non rectangulaire comme dans les contes. Du moins, ceux dont il se souvient vaguement…
« L'avait qu'à être là… » ajoute Pavel, à la fois dépité de l'absence de l'aimée et content de se soulager de sa culpabilité. Puis il beugle un « Mériem, je t'aime ».
Et tandis que le lutin volant s'éloigne à la vitesse d'une trottinette, Pavel réussit à enfiler le dernier bouton, en murmurant un « Ah ! » de satisfaction. Ensuite il repart vers le Saving Man en reprenant, avec la même maladresse, la chanson du *Trololo*.

09

Au retour de Fargo, Léo et Matt déposent les VTT et installent les chaînes antivols. Ils entrent dans le tipi, Léo le premier suivi par Matt. Et à la lueur des trois chandelles, ils croient voir un enfant debout à côté de Tim. La tête de la petite silhouette lui arrive au niveau du cœur et Tim mesure un mètre quatre vingt cinq. Un enfant qu'ils estiment peu déguisé à l'aune des délires vestimentaires du Saving Man : il porte une combinaison noire moulante qui révèle un corps filiforme ainsi qu'un chapeau qui lui fait une grosse tête et des chaussures qui ressemblent à des moon boots. Léo se dit que même la nuit le visiteur doit avoir les orteils à deux doigts d'être en fusion. Quant au chapeau, après un regard plus acéré, il constate avec stupéfaction que c'est en réalité la tête du petit bonhomme.

Assise sur une glacière, Aminata ouvre la bouche à leur entrée mais reste muette et serre finalement ses jolies lèvres en un sourire hésitant. Au sol sur la moquette, Sara sourit comme si un chahut allait surgir, causé par un joyeux canular. Tim se retourne rapidement et le petit visiteur aussi mais plus lentement. Alors, Léo et Matt se sentent submergés par un feeling étrange, une sensation d'apesanteur et d'apnée, une chaleur intérieure. Les bruits extérieurs semblent avoir disparu. Et ils comprennent clairement enfin, mais leur confusion n'a duré qu'une seconde, à qui ils ont affaire.

Ils ont la certitude d'avoir déjà rencontré un être comme celui-ci…

Des souvenirs leur reviennent : Léo quand il avait quinze ans et Matt treize, donc vingt ans auparavant. Et Léo prend conscience en souriant que c'est même précisément cet être-ci qui est venu chez lui plusieurs nuits de suite. Matt, lui en revanche, lâche un juron en chuintant longuement le « sh » : « Bullshit ! ». Car pour lui, les souvenirs sont désagréables, à l'inverse de Léo.

Tim qui hésitait à parler observe leurs réactions puis annonce posément :
 – Aïnari.
 – Quoi ? demande Matt, sèchement.
 – C'est le nom de cet **HN°KL**.
 – Tiens… je m'attendais à **Paul**… plaisante Léo.
 – Au moins, c'est pas un **bug-eyed monster**… ajoute Matt sarcastique.
 – Tu crois qu'il boit de l'Earl Grey ? ironise Tim.
 – C'est pas le moment de déconner ! On n'est pas au Witz, lâche Sara.
 – Il vaut mieux tester leur sens de l'humour… tu ne crois pas ?
Sara lui fait un sourire grimacé.

L'HN°KL lève lentement sa main gauche, une main qui n'a que quatre doigts dont un long pouce opposable. Léo fait un pas en avant et Matt qui croît qu'il va serrer cette main hurle soudain :
 – Ne le touche pas !
 – Mais je…
 – Certains d'entre nous subissent un choc dermique et tombent malades à leur contact…
 – Sans déconner ?
 – Merde, c'est ce qui m'est arrivé !
La réaction de Matt a jeté un froid et personne n'ose reprendre la parole.

Encore moins lorsque le petit être émet des sons qui ressemblent à ceux d'un dauphin : des cliquetis, des claquements et des sifflements. Il s'exprime en sourdine tandis qu'une étrange alternance de voix masculines et féminines provient d'une boule de la taille d'une balle de tennis qui plane à hauteur des têtes des trois humains. Elle est devenue fluorescente dès les premières paroles de l'HN°KL et on dirait qu'un duo leur parle dans un anglais parfait.

– Vous aviez ce modèle de traductrice, la dernière fois ?

Léo a posé sa question comme s'il allait acheter un objet nouveau dans un magasin de high-tech. Et ses amis sourient de le voir si à l'aise dans cette situation étrange. Même s'ils sentent qu'eux aussi sont peu surpris.

– Non. Mais en vingt ans, nous avons amélioré toutes nos IAO. Donc la traduction de nos ultrasons. Quant à nos infrasons, s'ils nous permettent de communiquer sur notre planète, ils sont inutiles pour vous.

– IAO ?

– Intelligence Artificielle Optimale. Et elles ont des tailles, des formes et des aptitudes très variées. Nous leur déléguons une multitude de tâches…

Si Léo et Matt ne venaient pas de réaliser en présence de quelle créature ils se trouvent, ils pourraient se dire que le petit être porte des lunettes de soleil malgré la pénombre. En réalité ce sont des yeux énormes que Léo compare à ceux d'un tarsier, un primate d'Asie du Sud-Est, sauf qu'ils sont noirs et ovales.

Pour Sara qui n'avait qu'un an lors de son premier contact, Aminata explique :

– Ma mère qui a été un **relais,** m'a raconté tout ce qu'elle sait des HN°KL… ils sont comme les dauphins sur un point : ils ne dorment pas… ou plus exactement, un hémisphère du cerveau après l'autre.

– J'aimerais bien pouvoir en faire autant ! s'exclame Sara.

– Et ils vivent environ mille ans.

– Comme Mathusalem…

– Notre planète d'origine, intervient Aïnari, qui était située à mille deux cent cinq années-lumière de la vôtre, dans ce que vous nommez la constellation d'Orion, a été détruite il y a cinq ans… ce que nous avions prévu il y a plus de vingt ans.

– Détruite par quoi ? demande Sara.

– Par une supernova : l'explosion d'une étoile proche de notre soleil.

– Ils ont failli être constellés d'horions… lâche Tim, en français.

Tous le regardent, perplexes. Seule Aminata a saisi le sens du jeu de mots. Avec un sourire en coin et sur un ton gentiment désapprobateur, elle dit simplement :

– Tim…

Sara devine que son homme a encore balancé une vanne. Elle échange un regard amusé avec Aminata mais renonce à comprendre. Et Matt intervient :

– Pour autant que je sache, aucune observation de ce phénomène n'a été faite récemment.

– Tu oublies que nous ne la verrons de la Terre que dans mille deux cents ans…

– Ah ! Oui, évidemment !

– Donc on peut dire qu'ils ont déménagé… propose Sara.

Tim envisage de dire à ses potes, plus ou moins en plaisantant, qu'il serait peut-être plus poli de cesser de parler du nouveau venu comme s'il n'était pas là, lorsque celui-ci reprend la parole, via la traductrice :

– Oui, nous sommes allés nous installer sur une autre planète. Après l'avoir formatée pendant plusieurs décennies…

Mais Léo se tourne vers Matt :

– Tu a été contacté par Aïnari ?

– Non… c'était un autre HN°KL… et c'est un très mauvais souvenir pour moi !

– Pourquoi mauvais ?

– Pasque dès le lendemain, j'ai été couvert de pustules rouges, genre varicelle ! Et la varicelle, je l'avais déjà eue !

– T'es certain que c'est à cause de ça ?

– Merde, oui ! Ces foutus boutons ont disparu au bout d'une semaine mais depuis j'ai de l'asthme !

Impassible, l'HN°KL interroge Matt :

– Vous aviez treize ans… c'est exact ?

– Oui. Comment le savez-vous ?

Aïnari ne répond pas et Matt continue :

– Si ce Djemlal ne m'avait pas touché, ça m'aurait évité bien des emmerdes !

– Vous semblez avoir oublié que c'est vous qui avez saisi sa main…

Matt s'apprête à répliquer mais Aïnari l'en empêche en ajoutant d'un ton apaisant :

– Mais il est vrai que nous n'avions pas prévu votre geste.

– Ouais… ma mère m'avait bien dit de ne pas dire bonjour à des inconnus !

Cette fois, tous sourient à la boutade de Matt. Sauf l'HN°KL.

Mais même si l'australien affiche ouvertement son agacement, il n'est pas effrayé par l'apparition du petit être. Pas plus que les autres car ils ont été en présence d'un HN°KL vingt ans plus tôt : Sara âgée alors d'un an ne se souvient de rien, Tim âgé de huit ans et Aminata de neuf n'en gardent que des images floues.

– L'atmosphère de ce niveau est très pure, reprend Aïnari. Et tout ce qui entre dans le vaisseau est décontaminé. Vous n'aurez pas de crise d'asthme.

– Vous m'en voyez très touché ! s'exclame Matt avec une ironie joviale.

Imperturbable, Aïnari continue :

– Vous pouvez également constater que vous n'êtes pas vraiment effrayés…

– Effectivement, reconnaît l'australien.

– C'est que nous vous avons préparés, il y a vingt ans…

– Préparés à quoi ?…

– Oui… pourquoi êtes-vous revenus ? demande Sara.

– Vous ne pouviez pas savoir que les Squamates allaient menacer la Terre, je présume, ajoute Tim.

– Nous sommes revenus car nous avons besoin de vous sonder…

– Eh ! Ça veut dire quoi : sonder ? proteste Matt, de nouveau sur ses gardes.

– Vous demander votre avis.

– Sur ?

– L'avenir de la Terre…

– Vraiment ?!… en quoi l'avis de quelques humains ordinaires vous importe-t-il ?

– Vous : les terriens… il y a vingt ans nous avons collecté suffisamment de données pour lancer des analyses prospectives et évaluer votre avenir… mais nous devons les actualiser.

– Et quel est votre but ?

– Nous sommes revenus pour évaluer toutes les conséquences de vos changements climatiques… et pour d'autres motifs aussi…

Les cinq amis échangent des regards étonnés.

– Avec un vaisseau vaste que nous avons stationné loin de la Terre, il y a trente six heures… mais dès notre arrivée, nous avons constaté la présence d'un autre peuple.

Ils hésitent à comprendre toutes les conséquences de cette information.

– Un autre peuple ?…

– Extraterrestre ? se fait préciser Tim.

– Oui… et nous avons également découvert que dix neuf êtres humains ont été raptés ici, pendant ces dernières heures. Dont l'un de vos amis que vous nommez Justin. En conséquence, nous avons intercepté toutes leurs communications et malheureusement pour vous, pour la Terre, cet autre peuple est animé d'intentions hostiles… très hostiles.

– Quoi ?! crie Léo. Mais qu'est-ce qu'ils veulent ?

– Et Elena ? demande Aminata.

– Nous ne savons pas.

– Et merde !

– Carajo ! ajoute Sara.

Pendant quelques secondes, la stupeur les rend silencieux. Et l'HN°KL interroge :

– Quel âge a-t-elle ?

– Seize ans, précise Aminata.

– Nous ne l'avons donc jamais contactée et nous ne pouvons pas la localiser.

La déception et le désarroi se lisent sur tous les visages des cinq amis.

– Nous avons des données sur chacun de vous ici présents, ainsi que sur Justin qui a été contacté quand il avait onze ans. Mais rien sur votre jeune amie… ni sur les autres humains raptés. Cependant, nous savons qu'ils sont emmenés en ce moment même vers la navette des ces exogènes.

Tim hausse les sourcils et se dit que tout un chacun qualifierait les HN°KL d'aliens… Mais bien sûr, eux ne se voient pas comme tels… Il échange un sourire amusé avec Léo qui pense sans doute la même chose.

– Vous nous avez farci d'un implant ? demande Matt.

– Non, pas du tout. Nous pouvons capter les ondes quantiques de votre ADN et ainsi vous localiser.

Matt est le seul des cinq humains qui semble étonné. Aïnari, toujours impassible, continue :

– Puisque vos amis ont été capturés par ces exogènes, nous vous proposons de nous accompagner pour les délivrer.

– Hein ?!

– Où ?

– Rassurez-vous : il n'y a que deux individus à neutraliser… et ce sera très facile. Et notre annexe est toute proche d'ici…

– Annexe ?

– Notre navette.

– Aucun besoin de nous, alors… objecte Léo.

– Il devient urgent de rejoindre mon partenaire car il sera plus facile de délivrer vos amis avant le décollage de la navette de ces exogènes.

– D'accord. Alors on se bouge !

Aminata va chercher une veste légère tandis que Sara retire deux canettes d'une glacière et les fourre dans son petit sac à dos. Comme s'ils allaient faire un petit feu de camp dans le désert… Après quoi l'une souffle une chandelle et l'autre éteint les deux autres. Aïnari sort et Tim le suit, immédiatement suivi de Sara et Léo.

Au clair de lune, la démarche de l'HN°KL semble bizarre aux trois amis mais familière également. Il bouge en écartant les jambes vers la droite et vers la gauche à chaque pas mais ils ressentent qu'il y a une autre différence. Et c'est Tim qui chuchote en direction de Sara et Léo : « Il marche comme un héron ou une cigogne »… Effectivement, Aïnari plie les genoux vers l'arrière comme tous les oiseaux. En réalité, c'est probablement son talon, si sa morphologie est similaire à celle des volatiles de la Terre…

Resté dans la pénombre du tipi, Matt quant à lui oscille d'un pied sur l'autre, visiblement peu partant. Aminata, agacée, demande alors à l'australien :
– Y'a un blème ? Tu ne viens pas ?
Un peu surpris par le ton de la française, Matt se décide à sortir. Et quand ils franchissent la porte, ils découvrent Aïnari à vingt centimètres au-dessus du sol, sur ce qui de prime abord ressemble à un tapis rond. Mais de cette plate-forme se détachent, comme des soucoupes que l'on aurait **dépilées,** deux autres disques. Ils constatent également avec stupéfaction que des pulsations lumineuses et colorées courent sur les bras nus de l'HN°KL : il est bioluminescent !

Le tipi étant à la limite de l'aire de campement et du désert, il n'y a aucun témoin intempestif. Les gémissements et les cris joyeux mêlés à des airs de musique qui leurs parviennent des tentes voisines révèlent que leurs voisins sont bien occupés…
Tim échange un regard avec Léo : qui va monter à côté d'Aïnari ?
Et c'est Léo qui fait un pas. Mais au moment où il pose le pied sur le disque immobile, Matt s'exclame :
– Attention !
– Quoi ?
– T'as oublié ? Ou tu m'as pas cru ?… ne le touche pas !
– OK, je fais gaffe.
– Et lâche du lest, Alceste… lâche Tim à l'intention de Matt mais en français et en soutien de Léo.
Visiblement peu inquiet, Léo s'installe sur le disque en frôlant l'HN°KL. Toujours aussi impassible celui-ci répète :
– Il est temps de délivrer vos amis.

Subjugués, les autres s'installent sur les deux autres disques, tous debout sauf Sara qui s'assied en tailleur.

Après quoi les trois disques s'éloignent vers l'ouest, guère plus rapidement qu'une trottinette.

Quelques minutes plus tard, les cinq amis voient apparaître la navette des HN°KL. Au premier coup d'œil, Tim compare la taille de l'engin à celle d'un wagon de train et pense à une gélule en voyant sa forme. La navette plane à une cinquantaine de centimètres au-dessus du sable du désert. Une ouverture circulaire que Tim estime de deux mètres de diamètre se révèle : le cercle qui constitue la porte se détache de l'engin, plane à l'horizontale et pourrait servir de marche.

Mais le disque d'Aïnari et Léo glisse doucement dans la navette, suivi par celui d'Aminata et Matt puis Sara et Tim.

De prime abord, ils sont étonnés de voir que l'intérieur de l'engin est vide, si ce n'est un grand pilier central : il n'y a ni sièges ni écrans de commandes. Les cloisons fluctuent d'une lumière qui passe par toutes les nuances de l'arc-en-ciel. Un autre HN°KL semble assis flottant dans l'air au fond de la navette, probablement l'avant. Puis des panneaux se détachent du pilier et viennent former des sièges : un pour le dossier un autre pour l'assise.

– Ce sont des sièges antigravité, explique Aïnari en s'asseyant à côté d'un HN°KL jaune canari.

Et il ajoute d'un ton que la traductrice rend presque mondain :

– Nimoël…

– C'est son nom ? tient à se faire préciser Matt.

– Oui. Et inutile de lui dire les vôtres car je viens de les lui transmettre.

– Ah !…

Tandis que les cinq êtres humains s'installent derrière les deux HN°KL, la lumière diminue et des écrans virtuels apparaissent. Une seconde plus tard seulement, Aïnari quitte son siège et leur dit de le suivre.

La porte s'ouvre et se place à l'horizontale. Aïnari descend sur elle et s'immobilise. Les humains restent derrière lui. Ils n'ont pas ressenti le moindre mouvement et se sont déjà posés à dix mètres de la navette ovoïde des kidnappeurs, une grande ombre noire immobile à environ dix centimètres du sol. Ils distinguent au loin les lumières du Saving Man et perçoivent les flonflons flous du festival. Se découpant dans l'engin hostile, une porte avec un escalier intégré qui ressemble à celle d'un jet d'affaire descend lentement.

Émanant de l'engin, une lumière verte éclaire le sable du désert. Une silhouette de grande taille apparaît dans l'encadrement de la porte.

   – Voulez-vous voir à quoi ressemblent ces exogènes ?

   – Euh… vous êtes certains qu'ils ne peuvent pas se libérer de votre contrôle ?

   – Tout à fait certains. Ils sont sous notre emprise télépathique.

   – Dans ce cas, il serait impoli de ne pas les saluer… plaisante Tim.

La navette HN°KL, restée tous feux éteints jusqu'à cet instant, projette soudain par son écoutille une lueur vive et blanche qui permet de bien voir l'extraterrestre : un genre de reptile debout mais aux pieds palmés comme ceux d'un canard. Une forme humanoïde mais couverte d'écailles tachetées. Une tête de lézard mais avec deux yeux globuleux noirs sous une arcade sourcilière proéminente, deux simples trous à la place du nez et un simple trait pour la bouche. Si les bras semblent quasi humains, les mains sont terminées par cinq longues griffes. Visiblement ni vêtements ni masque respiratoire.

   – Vu le genre de leur mains, je vais m'abstenir de leur serrer la paluche… balance Matt.

– Habituellement, j'aime bien les reptiles, mais là… murmure Sara.

– Ouais, cet espèce de varan n'a pas du tout l'air marrant ! dit Tim en français, en se tournant vers les deux jeunes femmes.

Elles lui répondent par un sourire grimaçant mais, ignorant leur réaction mitigée, il en rajoute :

– Pourtant, un reptile n'est pas toujours hostile…

– Nous dirons plus précisément des squamates, affirme Aïnari, d'un ton très sérieux.

– Des quoi ?

– Squamates, car nous savons qu'ils muent, précise-t-il.

– Et qu'ils ne sont pas venus pour faire mumuse…

– Tim !

– Quoi ? Tu crains qu'il se vexent ?…

Sara hausse les épaules. Aïnari observe avec acuité les humains pendant une seconde, comme s'il hésitait à sermonner des enfants, puis il lance :

– Il est temps que nous fassions sortir les prisonniers !

Aussitôt, le Squamate fait demi-tour et rentre en se dandinant dans sa navette. Quelques secondes plus tard, Elena et Justin, suivis de dix sept adultes à l'air hagard, hommes et femmes, sortent.

– Elena !

– Justin !

Ils ne réagissent pas et montent avec les autres raptés dans la navette des HN°KL.

– Ils sont encore captifs de la transe provoquée par les Squamates, explique Aïnari.

– Et vous ne pouvez pas les en libérer ?

– Si. Mais dans un moment. Il est préférable que nous partions maintenant. Un autre engin de ces exogènes pourrait venir.

Les cinq amis réintègrent la navette dans laquelle de nouveaux sièges flottants sont apparus. Ils sont donc maintenant vingt quatre êtres humains assis derrière les deux HN°KL. Puis les écrans virtuels réapparaissent.

– On décolle ? s'enthousiasme Léo.

– Oui.

– Vous ne les déprogrammez pas ici ? s'inquiète Aminata.

– Non. Nous devons d'abord analyser et décrypter ce que les Squamates ont fait.

– Et où allons-nous ? demande Tim en regardant sa montre.

Il est minuit vingt. Il semble qu'un marchand de sable soit passé car avant même que Tim et ses amis entendent une éventuelle réponse, ils se sont endormis. La navette scintille intensément, une sphère bleue l'entoure, puis elle fuse vers l'espace.

10

Lorsque Sara se réveille, elle observe d'abord la blancheur du plafond qu'aucun luminaire ne vient altérer. Elle découvre qu'elle est sur un grand lit, allongée sur le dos Par habitude elle tend le bras vers sa gauche pour toucher le corps de Tim. Mais en tournant la tête, elle constate que c'est Aminata qui dort encore à ses côtés. Un petit pincement au cœur la traverse et elle chuchote son prénom. Mais dans le silence absolu, seul le froissement de la couette lui répond quand elle s'assied. Elles sont seules.

À première vue, elles sont dans une cabine de paquebot où tout est neuf du sol au plafond, des meubles à la literie. Et la déco évoque nettement les années 2020. Sara se dit qu'elle pourrait être dans la maison de Pénélope à Málaga dont l'ameublement n'a pas changé depuis cette époque. Mais tout serait moins neuf…
Au-delà d'une large fenêtre sans loquet, elle voit un ciel bleu. Elle se lève et s'en approche. Stupéfaite, elle voit un océan agité d'une légère houle et un atoll qui lui fait penser au Pacifique.
Mais en observant cette île, elle ressent que quelque chose cloche sans parvenir à déceler quoi. Pourtant, il ne s'agit pas seulement du fait d'avoir été emmenée ailleurs.
Elle se souvient aussi très clairement d'avoir été assise sur ces sièges qui planaient dans la navette des HN°KL.
« Qu'est-ce qu'on fout ici ?… ».

Soudain, elle se tourne vers Aminata, lui saisit un poignet et cherche son pouls. La pulsation régulière la rassure tout autant que le souffle paisible qu'elle avait oublié d'écouter dans son bref affolement.

« Et où sont les mecs ? Et Elena ?… ».

Elle se décide à secouer Aminata en douceur mais au même instant la jeune femme ouvre les yeux, immédiatement alerte. Et déjà bienveillante :

– Holà Sara ! Tu vas bien ?

– Oui. Et toi ?

– Muy bien.

Mais aussitôt, Aminata se corrige intérieurement : elle se sent loin d'aller très bien, en réalité. Elle est certaine qu'Alaya est en sécurité en Suisse et même qu'elle s'y plaît. Mais combien de temps va durer cette situation insolite ?

– On est où ?

– Cheppa… et y'a que nous deux…

– Merde !

Aminata se lève d'un bond et va jusqu'à la fenêtre. Elle aussi est étonnée de voir un atoll.

– Cette île pourrait se trouver n'importe où ! Entre les deux tropiques, en tout cas…

De son côté, Sara se rend jusqu'à la porte de la cabine et la découvre verrouillée.

– Sans déconner ! On dirait qu'on est prisonnières !

Aminata la rejoint et la prend dans ses bras en une douce étreinte. Elles sont quasiment de la même taille mais la française a huit ans de plus que Sara. Elle se sent donc souvent comme une grande sœur protectrice.

– Ça m'étonnerait… ma mère m'a toujours affirmé que les HN°KL sont bienveillants !

– Les gens peuvent changer, en vingt ans…

– Si tu vois les HN°KL comme des gens, c'est rassurant ! dit Aminata en riant.

– Pourquoi ? Les gens peuvent être bienveillants ou malveillants, non ?

– Ouais… être humain ne veut pas toujours dire être humain…

Sara approuve la formulation de son amie d'un hochement de tête.

– Et pourquoi nous ont-ils endormies ?

– Cheppa… mais s'ils avaient des intentions hostiles, ils auraient agi dans ce sens il y a vingt ans.

– Nous n'étions peut-être pas mûrs… ou bien il faut qu'ils nous modifient génétiquement avant de pouvoir nous consommer sinon nous sommes toxiques pour eux, comme le poisson fugu…

– Sauf que le poisson fugu n'est mortel que s'il est mal préparé.

– Je sais. Mais tu vois ce que je veux dire…

Aminata observe Sara avec acuité et voit qu'elle plaisante. Cependant, la jeune espagnole ne renonce pas à l'idée qu'elles sont maintenant prisonnières.

– Un paquebot, ça pourrait faire une excellente taule, non ?

– Si. Et mieux qu'Alcatraz puisqu'une telle prison serait à des miles de toutes côtes !

Aminata détaille la grande pièce qui fait séjour et chambre : une table basse devant un sofa vert bouteille, quatre tabourets Tam Tam, un grand lit au fond, des étagères sans aucun bibelot, deux tableaux qui lui rappelle des œuvres de Turner. Tous les meubles ont l'air en acajou même les tabourets. Curieuse de le vérifier, elle examine de près l'un d'eux et constate qu'il s'agit d'une sorte de plastique.

– T'as pas soif, toi ? demande Sara.

Et sans attendre une réponse, elle passe dans la petite cuisine attenante, va à l'évier en inox, ouvre le placard juste au-dessus, y prend deux verres et les remplit. Quand elle revient, elle en propose un qu'Aminata accepte puis elle s'assied à côté d'elle sur le sofa.

– Alors qu'est-ce qu'on fait ?

– Rien. On attend.

– On attend ? répète Sara.

Et elle tape du plat de la main sur la cloison. Surprise, Aminata sursaute et objecte avec un sourire indulgent :

– Eh oui… sinon quoi ?

– Euh… j'en sais rien.

Agacée par son évidente impuissance, Sara essaie de contenir une colère grandissante. Mais la confiance et l'apparente tranquillité d'Aminata l'incitent au calme. Elle choisit de parler d'un autre sujet qu'elle espère plus affriolant.

– Dis-moi, si c'est pas indiscret… t'en est où avec Matt ?

– Nulle part !

La réponse a rebondit comme une pelote sur un fronton. Sara éclate de rire et insiste :

– Comment ça, nulle part ? Il t'a **bilboquée** ou pas ?

– On s'est envoyés en l'air, nuance !

– Hmm… et c'est bien toi qui l'a invité, non ?

– Oui. Je le trouve sympa… mais même si on prend la vague de nouveau, ça va probablement en rester là.

– Ça vient de lui ou de toi ?… ou de vous deux ?

Aminata esquive une moitié de la question :

– Je l'ai vu dessaper du regard plus d'une surfeuse quand j'étais à Perth…

Déroutée, Sara se souvient pourtant d'un mot français qu'Aminata utilise pour nommer les mecs lourdingues.

– Toi, tu aurais accepté de bilboquer avec un **buffle** ?

– Il n'est pas comme ça !

– Ça ne te gêne pas ?

– Sur la plage, tout le monde joue franc jeu. Les filles aussi.

– Ils sont comme ça, là-bas ?

– Oui. Et je suis persuadée qu'il a pris la vague avec plus d'une surfeuse depuis février !

– Alors quoi ?

– Je viens de lui parler d'Alaya…

– Et ?

– Matt va peut-être s'imaginer qu'une relation intime avec moi, ça va l'engager…

Sara tourne la tête en signe d'incrédulité tout autant que de désapprobation. Elle voulait babiller dans la légèreté mais soudain le sérieux redevient de mise.

– En fait, c'est Iban, affirme-t-elle.

– Quoi, Iban ?

Sara hésite à dire le fond de sa pensée sur ce sujet ultra sensible. Elle pose une main sur l'avant-bras de son amie, en disant doucement :

– Ça va faire trois ans qu'il est trépassé… mais t'es encore attachée…

– C'est le père d'Alaya !

Sara se retient de dire « C'était… ».

– Je le sais bien.

Aminata pivote pour faire intégralement face à Sara et donner plus de poids à sa réponse :

– Trouver un homme qui soit un merveilleux amant et comme un père pour ma fille, c'est difficile.

– Je te crois !

Sara décide de changer encore de sujet et se dit que c'est le moment de se confier à son tour. Donc de lui révéler qu'un autre être humain va bouleverser leur vie au Witz.

– Je…

Mais Aminata l'arrête dans son élan avec un regard terriblement triste :

– Je ne cherche pas à savoir ce que Matt veut pasque…

– Pasque ?

– Il m'arrive une chose grave…

Sara se recule pour mieux observer son amie.

– Avec Matt ?!… me dis pas que t'es enceinte ? demande-t-elle sur un ton encore léger, comme si Aminata plaisantait.

La jeune française lance un coup d'œil déconcerté à Sara.

– Ça, ce ne serait pas grave.

Sara plisse les yeux en s'attendant à une vraie mauvaise nouvelle.

– Non. J'ai un cancer du sein, précise Aminata en éclatant en sanglots.

– Un cancer du sein ?! répète Sara, autant pour s'assurer qu'elle a bien entendu que pour se donner le temps d'accepter le fait.

Puis elle se penche et prend son amie dans ses bras. Au bout d'une minute, Aminata se dégage doucement de l'étreinte, donne une esquisse de sourire et prend ensuite un pan de sa robe rouge pour s'essuyer les yeux.

– À ton âge ? s'étonne Sara, avec des larmes qui coulent sur ses joues.

– Écoute, des cancers du sein sont souvent décelés chez des femmes ayant moins de trente ans… mais comme toi, j'ai été sidérée.

– Mais t'as toujours vécu sainement !

– Certaines tumeurs ont des origines génétiques.

– Hmm… y'aurait pas une erreur de diagnostic ?

Aminata lui décoche un regard agacé qui surprend la jeune andalouse. Malgré cela, elle répond calmement :

– Malheureusement non. Mais la tumeur en est au stade un… autrement dit, à ses débuts.

Sara se lève et va de nouveau remplir les verres d'une eau fraîche et limpide. À son retour, elle boit son verre d'un trait tandis qu'Aminata vide le sien posément.

– Tu le sais depuis quand ?

– Depuis un mois, dit Aminata en posant son verre.

– D'accord… puisque ce cancer en est à son commencement, en étant bien soignée tu vas guérir !

– Mais Sara… comme la majorité d'entre nous, je n'ai pas de couverture santé.

– Ah… excuse-moi, j'avais oublié.

– Et en plus… enfin, si on peut dire… je n'ai pas assez d'imoni pour payer les soins nécessaires.

Sara saisit doucement les deux mains d'Aminata puis les lâche et pose les siennes sur les joues de son amie, en effaçant de nouvelles larmes avec ses pouces.

– Aucun blème ! s'exclame-t-elle sur un ton de colère dirigé contre la maladie. Nous allons nous cotiser ! Et tu sais qu'Elena t'adore…

– Oui mais…

– Et pour elle, l'argent n'est pas un souci.

– Ça me gêne.

– On te le prête seulement, si tu préfères. Nous on a envie que tu vives, Ami !

La jeune française reste silencieuse. De nouvelles larmes viennent hésiter sur ses cils.

– Et tu ne peux pas priver Alaya de sa merveilleuse maman !

Aminata dodeline de la tête.

– D'accord, je vais lui en parler. Et je vais accepter votre aide…

– Ah, quand même !

Tout en se disant que le moment est assez inopportun pour une telle satisfaction, Sara se sent touchée qu'Aminata lui ait confié sa détresse.

Jusqu'à cet instant, la jeune française de vingt neuf ans considérait, avec une grande affection, Sara comme une petite sœur.

– Merci, Sara. Mais pas un mot aux autres pour le moment.

– Pourquoi pas ?

– La situation actuelle est déjà assez stressante, non ?

Soudain, la porte s'ouvre sans un bruit en glissant sur le côté. Un HN°KL qu'elles voient pour la première fois entre lentement. Aminata ouvre la bouche pour dire « Vous pourriez frapper ! » mais elle ressent un flash de déjà-vu et aussi ce qu'il y aurait d'incongru à dire cela.

Elle pressent qu'elle connaît cet HN°KL dont la peau est noire, lisse et luisante comme de l'onyx unicolore. Et elle se souvient que c'est cet HN°KL qui est venu quand elle avait huit ans. Mais quelque chose a changé… Alors le temps semble s'arrêter tandis qu'une chaleur douce s'immisce et qu'une joie légère se glisse en elle. La sphère de l'IAO qui plane à sa hauteur énonce :

– Naawabza.

Sara détaille l'HN°KL avec des yeux écarquillés bien qu'elle ait déjà vu Aïnari et bien qu'elle ait été programmée pour accepter une telle apparence. Car la grâce palpable de cet être lui fait penser que c'est une entité femelle. Jusqu'à la taille, elle est vêtue d'une sorte de sarouel féminin mais le débardeur à bretelles fines ne révèle pas la présence de seins.

Elle remarque également qu'elle porte un masque qui couvre le nez et la bouche.

– Oui, je suis devenue femelle à l'âge de trois cent trente ans.

– Carajo ! Vous captez toutes mes pensées ?

Naawabza hoche lentement la tête en un mouvement qu'elles présument d'assentiment.

– Par ailleurs, à tout âge, nous pouvons être noirs, jaunes, ocres, beiges ou roux… et si nous n'utilisons pas la télépathie avec vous, c'est pour vous éviter une trop grande intrusion…

Les deux jeunes femmes échangent un regard et chacune semble demander à l'autre : « Qu'est-ce qu'on répond ? ». C'est Naawabza qui reprend la parole, d'une voix d'abord normale. Mais les sons delphiniens couvrent la voix de la traductrice. Elle s'en aperçoit immédiatement, baisse d'un ton et répète :

– Comment vous sentez-vous ?

– Bien… mais où sont les autres ?

– Oui et pourquoi a-t-on été endormis ? ajoute Sara, légèrement agressive.

Naawabza ferme les yeux. Et les deux jeunes femmes ont la sensation étrange qu'elle disparaît. Le regard des HN°KL est si intense qu'il semble à lui seul souligner leur présence. Quand elle les ouvre de nouveau, elle leur dit :

– Ils sont dans une cabine voisine… suivez-moi, je vous prie.

Les deux jeunes femmes se lèvent dans un même élan et sortent derrière Naawabza. Sara ne peut s'empêcher de rire brièvement en revoyant la démarche d'échassier qui twiste. Aminata hausse les sourcils avec exagération, faussement outrée. Pendant une seconde, elles se sentent complices comme dans une soirée guindée où il faut respecter des protocoles alambiqués.

Elles font quelques pas dans une longue coursive qui leur rappelle encore celle d'un navire.

Et deux mètres plus loin, Naawabza énonce un sésame non traduit qui ouvre la porte de la cabine voisine.

–{o}–

Tim, Léo et Matt se réveillent à la même seconde dans une cabine quasi jumelle des autres à quelques détails près. Léo qui était recroquevillé sur un petit sofa se dresse sur un coude et baille. Il constate que les murs sont couleur vieux rose sans deviner que c'est une des seules différences. Ensuite il découvre Tim et Matt sur un lit qui s'asseyent en tailleur simultanément. Et ils se regardent en haussant les sourcils, parfaitement synchrones. Léo pense à une paire de marionnettes à gaine animées par les deux mains d'une même personne et il éclate de son rire sonore. Puis il s'exclame :

– On dirait qu'on nous a téléportés dans Priscilla !

Matt a visiblement l'air gêné et agacé par la jovialité du brésilien. Tim est à l'aise, habitué à la vie de groupe, aux embrassades entre mecs, gays ou pas, au Witz. Mais il ne sait pas de quoi parle Léo et, au moment où il va le demander, Matt lance :

– Merde ! On est où ?

Pendant quelques secondes, ils examinent la cabine et découvrent à leur tour la vue d'un océan et d'un atoll. Après quoi ils prennent conscience qu'ils ne sont pas tous réunis.

– Où sont les meufs ? Où est Justin ? s'inquiète Léo.

Tim le regarde et décide qu'il est inutile de lui répondre car Léo sait déjà qu'ils n'en savent pas plus que lui. Mais il demande :

– Vous avez dormi depuis qu'on est entrés dans la gélule des HN°KL ?

– Ouais, dit Matt avec agacement.

– Moi aussi, confirme Léo. Mais j'ai une sacrée soif ! Pas vous ?

– Si. Et même une vraie fringale !

– On nous a drogués, ou quoi ?

Après un coup d'œil à la ronde, Léo va dans la petite cuisine. Tim se lève et va jusqu'à toucher du front la vitre derrière laquelle on voit l'océan. Il constate alors qu'il s'agit d'une vue en 3D à très haute résolution. De son côté, Matt se rend jusqu'à la porte et la trouve verrouillée.

– Bullshit ! On est prisonniers !

Furieux, il shoote dans un tabouret Tam Tam qui va rouler contre la cloison. Ensuite il va et vient dans la cabine. Bien qu'agacé par la réaction de Matt, Tim se sent irrité aussi d'avoir été déplacé malgré lui. Il s'assied sur le sofa en acceptant le verre d'eau que Léo lui propose. Matt décline l'offre. Et Léo en s'asseyant à son tour, objecte :

– Il y a vingt ans, ils nous ont aidés. Je vois pas pourquoi ils seraient hostiles maintenant.

– Ils n'ont peut-être pas vraiment réussi à formater leur planète… et modifier la Terre est une option plus facile pour eux…

– Et pourquoi délivrer quelques terriens, dans ce cas ?

– Ils ont envie de conserver quelques spécimens ?…

– N'importe quoi ! Ils vont où ils veulent dans la galaxie. Ce ne sont pas les planètes qui manquent !

Pendant une seconde, Tim partage les doutes de Matt. Mais il préfère s'abstenir de le dire. Et il se demande pourquoi Léo est persuadé de la bienveillance des HN°KL. Comme si la télépathie venait de jouer entre eux, Léo rétorque :

– Moi je garde un beau souvenir de mon premier contact avec eux !

– T'avais quel âge ?

– Quinze ans.

– Moi treize… et je suis devenu asthmatique sept jours plus tard.

– Comment peux-tu être certain que c'est suite à ce toucher ? insiste Léo.

Soudain en colère, Matt botte en touche :

– Tu serais pas sous l'emprise du syndrome de Stockholm ?

– De quoi ?

– Est-ce que tu ne serais pas un peu comme tes ancêtres : formaté pour l'esclavage ?

– **Cabrão** ! Qu'est-ce que tu déconnes ?

Après avoir jeté une insulte en brésilien, Léo se demande s'il a bien compris, se sachant incertain de son anglais. Estomaqué, Tim en vient à supposer qu'ils se sont déjà pris la tête quand ils étaient à Fargo. Pourtant il doute que ce soit pour Aminata.

Léo pose son verre sur la table basse et se lève lentement. Tim les laissent se jauger plusieurs longues secondes puis se lève à son tour et s'interpose. Même s'il est certain que son ami brésilien, malgré sa plus petite taille, est parfaitement capable de se défendre.

Quand on vit à Natal, dans un quartier chaud, on est initié au combat de rue…

– **Putride** !… s'exclame-t-il en français.

Après avoir oublié un instant l'anglais dans sa colère, Tim continue dans la langue de l'australien :

– Et toi, t'aimerais qu'on te prenne la tête avec pasque tes ancêtres étaient des british trash et bagnards ?

Matt est surpris par cette réplique puis il devine que c'est aussi un retour de boomerang.

Tim n'a pas apprécié le regard de désir qu'il a posé sur Sara. Encore moins la remarque stupide faite à son ami Léo. Et Tim en rajoute :

– Et plus tard, des types qui ont volé des enfants à leurs mères aborigènes… pour les formater à l'anglaise !

Contre toute attente, Matt éclate de rire. Il connaît bien ce sinistre épisode de l'histoire de son pays mais il ne se sent pas d'humeur à se justifier et préfère calmer le jeu :

– Désolé les mecs… désolé mais ça me rend dingue !

Tim est soulagé que Matt s'excuse.

– Ravi qu'on en fasse pas un nœud d'neuneus… murmure-t-il en français.

– Et si on canalisait notre agressivité pour défoncer la porte ? propose l'australien.

– M'étonnerait beaucoup que ce soit possible.

– Oui, je doute qu'on y arrive… confirme Léo.

Et tandis que tous les trois se rapprochent de la porte pour évaluer malgré tout cette possibilité, elle s'ouvre.

11

Naawabza entre la première suivie de Sara et Aminata. Tim, Léo et Matt reculent lentement, étonnés par l'apparence de l'HN°KL mais aussi pour le laisser passer.

Léo et Tim échangent un regard soupçonneux vis à vis de Matt : va-t-il balancer une remarque défavorable ? Mais il fait seulement un autre pas de côté, peut-être par crainte d'un éventuel contact et d'un autre problème de santé. Tous les trois constatent que cet HN°KL porte un genre de scaphandre minimal : un simple masque solide sur le nez et la bouche.

Délaissant l'examen de l'HN°KL, Sara et Tim s'embrassent.

– Sara, mon amour ! Ça va ?

– Ça va !

Léo devance Matt pour une accolade avec Aminata. Matt fait de même, après avoir jeté un regard agacé au brésilien.

– Ami ! Où étiez-vous ? demande Matt.

– Juste à côté !

Ensuite Sara, Tim et Aminata s'asseyent sur le sofa tandis que Matt et Léo restent debout.

– Où sont Elena et Sridjé ? s'inquiète Aminata en s'adressant à Naawabza.

– Dans une cabine voisine… et nous allons les réveiller dans un instant.

– On est où ? Sur un paquebot ? demande Léo, excité à cette idée.

Avec un sourire d'indulgence, Aminata devance la réponse de l'HN°KL :

– Léo, cette jeune dame se nomme Naawabza…

Puis l' HN°KL précise :

– Vous êtes à bord de notre vaisseau vaste et…

– Vaisseau vaste ?

– Un engin apte aux voyages interstellaires. À la différence de nos navettes.

– Vaste comment ?

– C'est une sphère d'un diamètre d'environ deux cent seize miles ou trois cent quarante sept kilomètres…

– Wow ! Un dixième de la Lune.

– Et personne sur Terre n'a décelé votre présence ?

– Nous sommes loin de votre planète et nous avons un système de camouflage très efficace !

– Mais alors pourquoi ce décor ?

– Pour que vous vous sentiez à l'aise.

– Et les autres qui étaient avec Elena et Sridjé ?

– Dans une autre cabine également.

– Pourquoi portez-vous un masque ?

– Ce niveau du vaisseau est conditionné en atmosphère humaine. C'est pourquoi cela m'est nécessaire…

– Mais Aïnari n'en n'avait pas.

– Quand nous allons seulement quelques heures sur votre planète, nous absorbons des éléments chimiques qui nous permettent de respirer sans scaphandre. Ici aussi ensuite…

– C'est plus pratique ?

– Oui… mais en temps normal, pour être précis nous respirons et nous nous alimentons par photosynthèse. Dans notre atmosphère, il y a trois pour cent de dioxyde de carbone, donc cent fois plus que dans la vôtre. Nos poumons et notre peau possèdent l'équivalent des stomates de vos feuilles d'arbres de la Terre…

– Vous êtes donc comme nos végétaux ?

– En partie. Mais aussi comme vos cyanobactéries… ou même votre limace de mer, Elysia Chlorotica…

– Une limace ?!

– Oui. C'est un petit mollusque vert qui ressemble à une feuille et se nourrit par photosynthèse.

– Et qui en bave quand elle touche le fond…

– Tim !

– Mais pour nous, il est également nécessaire d'absorber des sels minéraux que nous extrayons du sol de notre planète.

– Et il vous faut aussi de l'eau et de la lumière ?

– Naturellement.

Léo intervient avec enthousiasme :

– Eh, j'y pense : comment se fait-il qu'ici la pesanteur soit la même que sur Terre ?

– Alors que votre atmosphère ne nous convient pas, la pesanteur si. Et dans ce vaisseau, nous avons des générateurs de gravité. L'un est situé à l'équivalent du pôle sud et l'autre occupe le niveau sous celui-ci, à l'équateur du vaisseau.

Matt, même s'il est intéressé et même bluffé par la technologie des HN°KL, reste suspicieux :

– Pourquoi nous avez-vous amenés ici ?

– Car Naawabza, l'analyste décrypteur du **DaTABuG** est ici…

– Vous avez un clone ?!

– Databug ?

Naawabza surprise par ces deux questions lâchées en rafale s'adresse directement à l'IAO qui lui répond sans traduire.

– Non. Je suis l'unique Naawabza Pydj¬566j788¬jli… un nom intraduisible… quant à DaTaBuG, l'IAO me précise qu'aucun mot équivalent n'existe dans vos langues. Elle a donc créé ce néologisme, basé sur les premières lettres de vos ondes cérébrales.

– C'est à dire ?

– Delta Thêta Alpha Bêta Gamma. Et DaTABuG signifie que les Squamates ont déphasé ces ondes pour contrôler les êtres humains.

– Mais c'est réversible ?!

– Absolument. Cependant, il nous faut un peu de temps pour décoder le processus qu'ils ont utilisé. Et pour le neutraliser.

Léo s'assied à son tour tout en échangeant un regard ébahi avec ses potes.

– Et nous, pourquoi nous avez-vous endormis ? demande Matt avec une moue dubitative.

– Nous l'avons fait pour…

– Pour qu'on ne réclame pas des plateaux-repas de first class ! coupe Tim avec jovialité.

Tous le regardent avec étonnement. Sauf l'HN°KL.

– Tu trouves que c'est le moment de vanner ? demande Sara.

– C'est toujours le moment, mi dulce…

– Tu vas réussir à mettre la traductrice en… DaTABuG, plaisante la jeune andalouse.

Son homme hoche la tête et sourit puis sur un ton d'excuse :

– Désolé Naawabza… vous disiez ?

L'HN°KL émet quelques sons que l'IAO ne traduit pas. Peut-être un commentaire sur l'étrangeté des êtres humains… et après plusieurs secondes de silence :

– Nous vous avons endormis normalement, autrement dit placés en ondes Thêta, car le voyage a duré huit heures.

– Pour que l'on ne voit pas le temps passer ?

– Exactement. La vitesse maximum de nos navettes est de cinquante pour cent de celle de la lumière.

Tim regarde sa montre et constate qu'ils ont effectivement quitté la Terre depuis plus de huit heures.

– Et où sommes-nous ?... je veux dire par rapport à la Terre, demande Matt.

– Notre vaisseau vaste est stationné dans la ceinture de Kuiper, au-delà de l'orbite de Neptune.

Le brésilien observe les autres, comme pour vérifier s'ils savent de quoi parle Naawabza. Mais c'est Tim qui sollicite la précision :

– Et c'est quoi, la ceinture de... Kuiper ?

– Un immense anneau qui entoure votre système solaire. Il est constitué de centaines de milliers de blocs gelés de cent kilomètres de diamètre minimum. On y trouve Pluton mais aussi Éris dont la taille dépasse les deux mille kilomètres.

– Donc, même sans camouflage, votre vaisseau y est comme un caillou parmi une multitude...

– Oui.

Chacun d'eux essaie plus ou moins de se représenter ce lieu de l'espace dont ils ignoraient jusqu'à l'existence. Mais ils ne réalisent pas vraiment où ils sont. Et le décor où ils se trouvent les rassurent. Qui plus est, sans qu'ils en soient vraiment conscients, ils ont été programmés lors de leur premier contact, vingt auparavant, pour accepter aisément cette situation déroutante. L'HN°KL les tire de leurs réflexions :

– N'avez-vous pas soif et faim maintenant ?

D'abord surpris, tous acquiescent en secouant plus ou moins la tête. Alors Naawabza émet une série de sons que l'IAO ne traduit pas. Probablement une commande vocale, car un cylindre surmonté d'un écran virtuel émerge au centre de la table.

Elle effleure quelques icônes immatérielles et aussitôt des sphères solides de plusieurs tailles, les plus grosses comme des balles de golf, de toutes les couleurs d'un arc-en-ciel, se matérialisent dans un petit bol placé sous le cylindre.

– Vous pouvez choisir celles que vous voulez, précise Naawabza.

Sara s'empare du petit bol et un autre apparaît jusqu'à ce que chacun soit servi. Ils ont tous attendu en échangeant des regards dubitatifs avant de commencer à manger.

– Z'êtes certain qu'on peut avaler ça ? s'inquiète Matt.

– C'est ce que vous mangez, vous ? demande Léo, avec un sourire ravi.

– Certain. Pas du tout.

– Faudrait savoir !…

– Elle a répondu à vos deux questions, intervient Tim.

– Toutes ces sphères contiennent des liquides nutritifs…

– Mais on voit pas ce que c'est !

– … élaborés avec des prélèvements sur Terre, précise Naawabza en finissant sa phrase.

– C'est liquide dedans ?

– Seulement les blanches.

– Les… balles de golf rouges, c'est quoi ? demande Aminata.

– De la viande terrienne.

Aussitôt la jeune femme qui est végétarienne délaisse la petite sphère nutritive.

– Hé… cette balle a un goût de… poulet ! s'exclame Sara après l'avoir croquée.

– Sans déconner ?

– Mais avec une consistance de purée !

– Moi, je viens d'avaler de la banane !

– Tu commences par un dessert ?

– Y'a rien d'écrit dessus ! rétorque Léo à la question espiègle de Tim.

Naawabza se tait, peut-être étonnée par l'agitation de ces êtres humains au sujet de leur nourriture. Mais l'impassibilité constante des HN°KL ne permet pas d'en être certain.

– On aurait dû réveiller Elena et Sridjé ! lance Aminata.

– Mais oui ! Qu'est-ce qu'on attend ? renchérit Sara.

– Ne voulez-vous pas vous nourrir ?

– Moi si, confirme Léo sur un ton faussement honteux.

– Mais ils vont bien ?

– Ils vont impeccablement.

Le style de la réponse les étonne mais personne n'en fait la remarque.

– Vu qu'ils dorment, ils ne sont plus à quelques minutes près, fait observer Tim.

Ses amis échangent des hochements de têtes et des regards soulagés. Puis ils déposent leurs bols sur la table basse à côté du cylindre après avoir avalé chacun plusieurs balles nutritives. Alors Matt interroge l'HN°KL :

– Dans le tipi, vous nous avez dit que vous êtes revenus pour plusieurs motifs… vous pouvez préciser ?

– Pour aider les êtres humains : nous vous avons laissé les flashgones et nous voulions observer les conséquences…

Bien que l'HN°KL ne montre aucune expression déchiffrable, Matt ressent un doute. S'il reste persuadé que les motivations des HN°KL sont autres, il se contente de demander :

– Pourquoi nous avez-vous amenés ici ?

– Pour décrypter le DaTABuG et libérer vos amis… et parce que les Squamates posent un problème que nous n'avions pas prévu.

– Ils veulent prendre possession de la Terre ?

– On va leur faire la peau ! lance Tim jovial et faussement furieux, à l'inverse du ton tragique de Matt.

Aminata éclate de rire. Sara aussi qui a capté la vanne en français. Mais elle interpelle son homme en jouant les offusquées :

– Tim !

En signe d'excuse, il lève les deux bras, paumes des mains en avant, comme si on le menaçait.

Matt lui jette un coup d'œil furieux mais ne dit rien. Impassible, Naawabza continue :

– Oui. D'autant plus que votre atmosphère leur convient très bien.

– Et merde !

– Comment savez-vous tout cela ? s'enquiert Matt.

– Ainsi que je vous l'ai dit, nous sommes revenus depuis environ trente six heures. Nous avons donc eu le temps d'intercepter leurs communications. Y compris celles échangées avec leur planète d'origine. Comme nous, ils utilisent la communication quantique.

– Vous n'utilisez pas les ondes radio ?

– Jamais.

– Ah ! Voilà pourquoi le SETI n'a jamais capté vos signaux !… intervient Tim, avec un air docte dont les autres se demandent s'il est joué.

Matt fait une moue, l'air de dire que la remarque est puérile, puis s'adresse à Naawabza :

– Ils viennent d'où, ces Squamates ?

– D'un système stellaire que nous avons localisé dans ce que vous nommez la constellation du Serpent. Leur planète gravite autour d'une étoile distante de mille cinq cents années-lumière… et sur votre Lune, ils ont caché leur méga vaisseau de trente huit kilomètres de diamètre.

– Où ?

– Dans le cratère Daedalus, sur la face cachée évidemment. Et ils utilisent des navettes comme vous l'avez vu. Mais actuellement, ils sont peu nombreux…

– Vous avez dit : depuis six mois… ils attendent une armée pour envahir la Terre ?

– Non… c'est le temps qu'il leur a fallu pour modifier et recombiner trois virus terrestres : Ébola, Marburg et H5N1. En ce qui concerne ce H5N1, il s'agit de celui que vous les terriens avez modifié génétiquement…

– Pour le rendre plus virulent ?

– Oui.

Ce n'est pas un ange qui passe mais un diable et il jongle sans la moindre gêne avec les quatre nucléotides de base de l'ADN…

– Ils ont testé cet assemblage de virus sur des cobayes humains, enchaîne Naawabza. Et ils s'apprêtent à le répandre sur la Terre pour éliminer totalement l'espèce humaine.

– Sur des cobayes humains ?!… vous devez les délivrer !

Mais l'HN°KL continue :

– Ils prévoient de faire voyager leurs cobayes sur toute la planète via les flashgones et, sachant que ce virus tue lentement tout en étant aéroporté, il va donc se répandre inéluctablement.

Dans un silence ahuri, les terriens réalisent enfin l'effroyable étendue de la menace.

– Et pas seulement, car vos grands singes génétiquement très proches de vous seront décimés eux aussi…

Comme si cette précision était la goutte d'acide qui corrode sa base, Matt explose :

– Bordel ! Vous pouvez certainement éliminer ces Squamates ?

Avec un flegme qui irrite tous les terriens, Naawabza rétorque :

– Nous nous refusons à supprimer la vie et donc à déclencher une guerre.

– Ne nous dites pas qu'on va être les seuls survivants !

– J'ai une fille sur Terre !… et une mère et…

– Moi aussi !

– Et on a tous des amis !

L'HN°KL lève une main et l'IAO traduit en montant le son, si bien que ses trois premiers mots ont l'air d'un cri :

– Nous allons agir !… nous avons bloqué leurs communications avec leur planète d'origine, ainsi qu'entre leurs navettes en opération sur Terre. Et nous avons menacé de les rompre définitivement. Nous avons également immobilisé leur E.S.P.

– Leur quoi ?

– Engin Spatial Principal. Ou méga vaisseau.

– Mais vous pouvez sûrement fabriquer un antidote ?

– Oui… si nous avions le temps mais nous ne l'avons pas.

– Votre technologie a au moins mille ans d'avance et vous ne pouvez pas ?

– Sept cent mille ans d'avance…

– Ah… et les humains porteurs du virus sont bloqués sur la Lune ?

– Oui. Nous avons lancé une négociation et nous avons envoyé notre proposition jusqu'à leur planète.

– Et comment vont-ils vous répondre ?

– Nous allons libérer leur réseau de communications. Il s'agissait seulement de leur donner un avertissement…

Une minute s'écoule pendant laquelle les terriens restent pensifs, plus enclins aux cauchemars qu'aux rêves doux.

– Je vous invite à me suivre maintenant, dit enfin Naawabza.

Ils sortent et font quelques pas dans la coursive. Devant la porte d'une cabine voisine, Naawabza énonce quelques sons qui ne sont pas traduits et qui semblent faire office de clé sonore. La porte coulisse en silence.

– Toutes les cabines sont ainsi verrouillées ?

– Seulement celle-ci… pour protéger vos amis qui sont plongés dans un état spécial.

Cette pièce est quasiment un clone des deux autres : les tableaux et l'ameublement sont identiques mais il n'y a qu'un seul lit double. Elena et Justin sont allongés sur le dos et semblent dormir paisiblement. Aminata se rend au chevet d'Elena côté gauche et s'assied à côté d'elle tandis que Naawabza va vers Justin. Tim, Léo et Matt s'immobilisent au pied du lit.

L'australien est immédiatement subjugué : cette ado est une vraie **manne**. Pourtant la première chose qui capte l'attention de Matt, ce sont ses jolis pieds nus : elle déambulait apparemment sans chaussures sur le sable du désert. Puis il caresse du regard les longues jambes fines et musclées, le ventre plat dont le nombril est un rond parfait, les seins généreux qu'il devine fermes, les délicates clavicules horizontales, le cou gracile et enfin le visage joliment ovale.

Ses longs cheveux blonds dorés rayonnent sur un oreiller autour de sa tête. Ses paupières closes ne révèlent pas la couleur de ses iris ni l'impact de son regard mais ses sourcils en ailes d'oiseau, très noirs, contrastent avec la couleur de ses cheveux. Sa bouche aux lèvres pulpeuses est légèrement entrouverte et Matt doit faire un effort pour s'en détourner.

Il scrute les deux tatouages qu'Elena présente sur chaque bras : des serpents colorés longs d'une largeur de main. À gauche, le reptile est surtout rouge et jaune. À droite, les circonvolutions sont essentiellement vertes et bleues. Il devine que ce sont des couleurs qui varient en fonction de l'intensité de la lumière.

Elle a évidemment les mêmes vêtements que quelques heures auparavant. En l'occurrence presque rien.

Un foulard léger, noir à pois blancs, pour se protéger d'un éventuel vent de sable, un bikini noir couvert au niveau des hanches d'une large bande de tissu noir, nouée en mini jupe. Sur chaque jambe, des rubans de soie noirs se croisent. Enfin, seul le poignet gauche est entouré de plusieurs bracelets, en cuir et en cordes tressées ou en corail rouge. Après un effort pour détacher son regard de la belle adolescente, Matt examine Justin.

Lui est vêtu d'un débardeur rouge à bretelles fines, raccourci au-dessus du nombril, d'un sarouel noir de style féminin et de sandales argentées et décorées de strass rouges. Il a les ongles vernis et probablement fluorescents. Il est roux, de petite taille et un peu rondouillard. Un chapeau melon en plastique, doré et pailleté, a glissé à côté de sa tête.

— Est-ce qu'il est toujours fringué comme ça ?…

— À t'entendre, on dirait du mépris… je me trompe ? réplique Léo d'un ton hargneux.

— Eh les gars, c'est pas le moment ! intervient Tim.

— Je vannais, mec… ajoute Matt, en haussant les épaules.

— Si tu le dis… pendant que j'y pense, sache qu'Elena préfère les femmes…

Matt qui n'a jamais eu l'intention de gauler la jeune adolescente se sent offusqué par la dernière remarque de Léo. Il s'apprête à clarifier les choses mais Aminata leur lance des regards furieux :

— Sortez, si vous voulez vous embrouiller !

Après un regard prolongé vers chaque être humain présent, Naawabza leur dit :

— Nous avons eu le temps d'analyser la formule utilisée par les Squamates. Nous allons commencer le **débogage**.

Et d'une grande poche de jambière, elle retire un long gant fin qui n'a que quatre doigts et qu'elle enfile. Ensuite elle pose sa main sur le front de Justin et entonne en sourdine une litanie de sifflements lents que l'IAO ne traduit pas. Pendant un minute qui leur semble interminable, les cinq amis n'osent plus dire le moindre mot. Enfin Naawabza fait un pas en arrière et Léo, sans consulter l'HN°KL, prend sa place.

— Il vaut mieux qu'il voit un proche d'abord, non ?

— Votre ami ne sera pas choqué car il est préparé à nous revoir. Quand nous l'avons contacté, il avait onze ans…

Justin ouvre les yeux tranquillement. Puis il baille longuement, en émettant un son que n'aurait pas désavoué un Wookie…

– Hey Léo !

– Sridjé ! Ça trotte ?!

– Tudo bem ! répond Justin en brésilien.

Ce qui déclenche le rire homérique de Léo, soulagé de voir son ami en bonne santé. Tous rient à sa suite et même Naawabza semble vibrer. Justin se redresse sur ses coudes et se recoiffe de son melon. Il tourne la tête, découvre la présence d'Elena et constate qu'elle dort encore. Ensuite en écarquillant les yeux, il demande à la cantonade :

– Où on est ?

Léo se décale pour que Justin voit Naawabza. Le jeune homme éclate d'un rire bref et répète :

– Où on est ?

– Nous sommes dans un vaisseau vaste.

– Hein ?

– Un vaisseau spatial de la largeur du Dakota du nord…

– Certif ?!

– Oui. C'est une sphère de trois cent quarante sept kilomètres de diamètre !

– Avec des milliers de niveaux, précise Tim.

– Wow ! Yobi spaceship…

Les uns et les autres, même ceux qui sont déjà allés à Fargo, essaient de visualiser un tel volume dans l'espace mais y renoncent.

– Qu'est-ce qui nous est arrivé ? demande Justin.

– On va te raconter tout ça quand Elena sera réveillée.

– Léo… Luisa va bien, à Natal ?

– Elle est chez Séverino… et je suis persuadé que tout va bien.

Justin approuve d'un sourire : il aime beaucoup la grand-mère de Léo et il fait confiance à son ami pour ce qui est de la protéger. Le brésilien lui tend une main, plus par amitié que par nécessité et Justin se lève.

Naawabza contourne alors le lit pour venir au plus près de l'adolescente et pose une main sur son front. Elle renouvelle ces sons qui permettent le débogage du DaTABuG. Cette fois-ci, ils attendent tous avec confiance. Seul Justin semble étonné, sans doute autant pas le langage HN°KL que par l'IAO qui plane en silence.

Au bout d'une minute, Naawabza se tait et semble attendre.
 – Qu'est-ce qui s'passe ? s'inquiète immédiatement Aminata.
 – Y'a un blème ? ajoute Sara.
Naawabza ne répond pas mais recommence l'étrange rituel. Et cesse de nouveau, une longue minute plus tard.
 – Nous n'arrivons pas à la réveiller…
 – Quoi ?
 – C'est à cause de ce virus dont vous venez de nous parler ? Elle est malade ?
 – Non ! Soyez rassurées, nous l'aurions détecté. Nous vous avons tous sondés pour voir votre état de santé, à votre arrivée ici. Comme nous l'avons fait avec les autres…

Bien que cette affirmation calme un peu les craintes de tous, les deux jeunes femmes insistent :
 – Alors quoi ?
 – Elle est quand même pas devenue **loboto** ?!
 – Non ! Mais une séquence sonore différente va être nécessaire pour réveiller votre amie…
 – Mais vous allez réussir ?
 – Nous devons procéder à une analyse plus approfondie… car elle n'a pas été en contact avec nous dans le passé.
 – Maintenant ?
 – Oui… mais soyez certains que nous parviendrons à décoder cette variante du DaTABuG et à la réveiller.

Aminata et Sara aimeraient bien sonder l'HN°KL, comme on le fait avec un être humain pour tenter de savoir s'il ment afin de rassurer, mais c'est impossible.

– En attendant, j'ai demandé à Nimoël de vous accompagner dans l'aire vivante.

– Où ça ? demande Matt.

– Dans quoi ? ajoute Tim.

– L'aire vivante s'étend sur la totalité du niveau central, l'équateur en quelque sorte. Nous y avons recréé un écosystème partiel de notre planète.

– Elle fait donc trois cent quarante sept kilomètres de diamètre ?!

– Deux de moins : il faut soustraire l'épaisseur de la coque du vaisseau.

Tim et Matt se regardent, sourcils levés, comme s'ils attendaient que l'autre pose une question.

– Mais à quoi vous sert-elle ? intervient Justin.

– À mieux respirer, en quelque sorte… le temps de formater notre nouvelle planète, il nous a fallu vivre presque trois années dans chaque vaisseau vaste. L'aire vivante nous est donc nécessaire pour une meilleure photosynthèse et pour la sensation d'espace…

Naawabza se tourne alors vers la porte qui coulisse et salue Nimoël qui entre. Bien que les terriens aient été accoutumés à l'apparence des HN°KL, le jaune canari de Nimoël qu'ils ont vu brièvement dans la navette les étonne sans les mettre mal à l'aise. Seul Justin se retient de sourire car l'image de Titi lui vient à l'esprit suivie de celle de Gros Minet.

– Si vous voulez bien me suivre… déclare Nimoël avec une intonation presque mondaine via l'IAO.

12

Lorsqu'ils sortent dans la coursive, ils découvrent avec surprise une plate-forme circulaire qui en occupe la quasi totalité. Elle plane à dix centimètres du sol comme les disques utilisés dans le désert mais elle est équipée de huit sièges solides. Tim évalue son diamètre à un mètre quatre vingt et elle lui fait penser à un tourniquet pour enfants, avec cette différence que les sièges sont tournés vers l'extérieur.

— Cet engin touche presque les murs… c'est pas pratique pour s'y installer, remarque-t-il.

— Cet **octo-disque** est aussi une IAO et il va tourner lentement sur lui-même pour vous permettre de vous asseoir, réplique Nimoël d'un ton neutre.

— Et vous n'avez pas de flashgone à ce niveau ?

— Aucun dans l'ensemble du vaisseau vaste car le champ générateur de gravité en perturbe le bon fonctionnement.

— Dommage…

Ils s'installent et l'engin les amène en quelques secondes cinq cents mètres plus loin, à l'entrée d'un sas déjà ouvert. Là, les six terriens s'équipent d'un scaphandre partiel : un masque solide sur le nez et la bouche auquel il faut ajouter des « semelles » dont les HN°KL n'ont pas besoin. Il semble qu'elles adhèrent aux pieds par contrôle de la gravité et que cet équipement soit suffisant pour respirer dans le reste du vaisseau. Nimoël attend qu'ils soient tous prêts avant de se débarrasser du sien.

Après quoi ils remontent dans l'octo-disque et passent dans un tube ascenseur.

– J'imagine que vous avez un autre modèle pour aller dans l'espace ? demande Léo qui aimerait bien faire une telle sortie.

– Nous en avons un. Mais nous n'allons quasiment jamais à l'extérieur : nous y envoyons nos IAO.

– Ah…

Lorsque la seconde porte circulaire du tube ascenseur s'ouvre, Tim lève les yeux et découvre un ciel indigo dans lequel brillent douze soleils. Ou plus exactement douze vives lumières, pense-t-il après réflexion. Et dans ce ciel flottent quelques nuages très fins, très étirés, qui ressemblent à des cirrus. Sachant que ce type de nuage ne se forme, en tout cas sur Terre, qu'à une altitude minimale de cinq mille mètres, Tim se tourne vers Nimoël :

– Quelle est la hauteur maximale de votre… aire vivante ?

– Ce niveau du vaisseau a une hauteur de deux mille mètres environ.

– Wow !

– Dingue ! renchérit Sara.

– C'est le seul niveau de cette dimension mais il y en a six d'une hauteur de cinq cents mètres… et cinquante de cinquante et cent trente deux mille de deux mètres cinquante.

Les six terriens sont plus époustouflés par ce qu'ils voient autour et au-dessus d'eux que par ces précisions.

– Ce ciel indigo est vraiment merveilleux ! s'exclame Aminata.

– Et là en bas, il me semble qu'il y a toutes les autres couleurs de l'arc-en-ciel, murmure Léo.

– C'est quoi, ces douze soleils ? s'enquiert Tim.

– Des générateurs évidemment… de chaleur et de lumière. Et ici, disons à l'équateur du vaisseau, la paroi externe est de mille mètres d'épaisseur environ… quant à ces grandes colonnes blanches que vous pouvez apercevoir, ce sont des piliers de soutènement… mais aussi des puits verticaux utilisés pour les communications et les connexions.

– Ils ont quel diamètre ?

– Deux mille mètres, environ.

C'est de l'un de ces piliers gigantesques qu'ils viennent de sortir, à cinq cents mètres d'altitude et ils peuvent distinguer, dans le lointain, ce qui peut passer pour une immense tour blanche. Un édifice nettement plus large et plus haut que la Burj Khalifa, ce gratte-ciel magnifique de 828 mètres à Dubaï que personne n'a jamais dépassé depuis sa construction en 2009.

– Ces piliers me semblent assez loin mais tous construits à distance égale… je me trompe ?

– Non. Ils sont tous séparés de quarante et un kilomètres et disposés en damier… sauf à proximité de la paroi périphérique.

Aminata qui n'a pas vraiment écouté toutes ces explications s'exclame :

– Ce bleu myosotis, c'est exactement la couleur des iris d'Elena !

Avec un réflexe très humain, elle se tourne vers Nimoël comme pour quêter son approbation. Il est si proche qu'elle découvre, sous la cuticule noire et transparente qui couvre ses yeux, que l'extraterrestre a des iris comme les chats. À cet instant précis, Nimoël qui regardait au loin se tourne vers elle. Elle se sent soudain allégée, envahie d'une chaleur douce et traversée d'une envie de rire aussitôt effacée par un sentiment de sérénité.

– Ce grand rond jaune quasi parfait, on dirait une plantation de colza, commente Matt.

– Cette tache rouge, on dirait des coquelicots, ajoute Sara.

– Mais je n'ai jamais vu une aussi grande surface de rouge sur Terre, affirme Tim.

– Là-bas, il y a un champ orange !
– Autour du lac, en forme de trèfle ?
– Vous avez remarqué ?… il n'y a aucune surface avec des angles, coupe Justin.
– C'est à dire ?
– Elles sont toutes quasi circulaires.
– Probablement pasque ce sont des plantations artificielles.
– Je suis d'accord avec toi… mais sur Terre aussi, nos champs sont des plantations artificielles !
– Et il n'y a qu'une seule nuance de vert… dit Léo.
– Oui : un pur Granny Smith, précise Matt.
– Comme les pommes ?
– Oui. Mais je doute que ce soit un hommage à la mamie Smith…
– Qui ça ? s'étonne Léo.
– Maria Ann Smith, une vieille dame du dix neuvième siècle, qui aurait créé involontairement cette variété de pommes, assure Matt d'un ton très sérieux.

Tous le regardent pour vérifier s'il vanne, pince-sans-rire inattendu. Il grimace un sourire et continue, passant du koala au kangourou :
– Et vous voyez des villes ou des villages, vous ?
– Non, **dalle que** ! lâche Tim, en français.
– On ne voit pas de routes non plus, confirme Sara en anglais.
– Exact. Ni chemins, ni panneaux, ni poteaux…
– Ni clôtures, ajoute Aminata.
– Sur Terre, on voit rarement des paysages aussi ouverts… dit Tim.
– Nous, on a tout de même les grandes plaines, remarque Justin.

L'octo-disque est maintenant à une trentaine de mètres au-dessus du sol et il peuvent constater que le paysage ressemble à une savane très vallonnée. Mais la hauteur maximale de ces collines ne dépasse pas les deux cents mètres selon Tim.

Cette vaste étendue est parsemée d'arbres ombellifères et multicolores, agités par une très légère brise. Quelques oiseaux oranges et bleus, les croisent, peu effarouchés par l'octo-disque. Des oiseaux qui ressemblent à des mouettes mais dont le cri rappelle celui des buses.

– Quand ces volatiles se posent dans les arbres, leur chant est beaucoup plus mélodieux… il est comparable à celui des rossignols que vous avez sur la Terre.

– Moi, j'adore le cri des rapaces ! rétorque Tim.

Nimoël n'ajoute aucun commentaire et dit, avec une voix d'IAO féminine et sensuelle qui surprend les six terriens :

– Et comme vous pouvez le voir, ici et là, nous avons installé quelques MHV.

– MHV ? C'est à dire ?

– Mobile Home Volant.

Le groupe se focalise sur des formes blanches hémisphériques groupées par trois ou quatre, quasiment au-dessous d'eux.

– D'en haut, je les ai pris pour de minuscules champignons !

– Moi, pour des igloos…

– Drôle d'idée, Léo… il fait presque aussi chaud que dans les Bardenas Reales !

– Ouais… mais on dirait qu'impossible n'est pas HN°KL ! lance le brésilien.

À la différence de l'octo-disque, les MHV sont posés sur le sol et un cercle de couleur noire semble indiquer l'emplacement d'une porte fermée.

– Est-ce que c'est comme ça aussi, sur votre planète ?

– Que voulez-vous dire ?

– Ni routes, ni chemins.

– Nous n'en avons aucun besoin puisque tous nos véhicules sont antigravité.

– Et ni villes, ni villages non plus ?

– Si. Mais cette aire vivante ne ressemble pas totalement à notre planète où nous avons un million de villes semblables à votre Manhattan de New York mais toutes d'une même taille. Elles sont limitées à dix mille habitants et sont toutes espacées de cent vingt kilomètres. Quant à nos hameaux, ce sont des agglomérations provisoires de MHV…

– Putride ! s'exclame Tim, en français. Ça m'a l'air furieusement uniforme…

– Pas pour nous… il y a des millions de hameaux très variables, éparpillés loin de ces agglomérations. Mais nous ne sommes pas étonnés que vous pensiez cela.

L'octo-disque se stabilise à dix centimètres d'un sol jaune clair, apparemment recouvert de sable. Ils en descendent et, pendant une seconde, Aminata se souvient d'un jour de ses dix ans dans un square sablonneux où elle a joué avec sa mère Nadia. Le tourniquet avait une allure de soucoupe volante.

– Nous ne ressentons pas l'uniformité et la différence comme vous… car nous sommes un essaim et nous sommes tous reliés par télépathie.

– Vous êtes toutes et tous des clones ?

– En aucun cas. Nous sommes un essaim. Les fonctions et les potentiels de chaque individu sont variables. Comme dans un corps humain…

– Hmm… mais dans un corps, il y a un cerveau…

– Alors pensez à un essaim sans reine et sans roi, à la différence de vos abeilles et de vos fourmis.

– Vraiment ? Vous n'avez aucun dirigeant ? insiste Matt.

– Non, c'est bien l'ensemble qui nous dirige et chaque individu influence l'ensemble. Pour nous cela paraît bizarre et incohérent que des millions d'êtres humains acceptent d'être commandé par un seul, souvent despotique et néfaste.

Matt sourit mais ne dit rien. L'HN°KL continue :

– Vous pouvez également nous comparer à votre Internet ou à un système multi-agents. Car les infos qui nous sont nécessaires nous parviennent immédiatement.

Aucun des six terriens n'aimerait avoir un ordi dans le cerveau mais l'idée d'accéder à toutes les données du Net par télépathie les fascine.

– Sur Terre, les bactéries vivent dans un réseau mondial d'échange de gènes, utile à la régulation de la biosphère… intervient Justin.

– C'est aussi une comparaison possible…

– Moi, ça me fait penser à un nuage d'étourneaux qui volent dans une harmonie parfaite, dit Sara.

– Ou à des perruches… en Australie, il y en a des nuées ! ajoute Matt.

Pendant une seconde, Justin se demande si l'australien a lui aussi visualisé Titi, sautant du canari à la perruche… Et il sourit tout seul.

– Moi, ça me rappelle la roue rythmique africaine… s'exclame Léo.

– Comment ça ?

– C'est une découverte du musicien africain **Ray Léma** : quand les rythmes de la musique sont en harmonie et quand les membres d'un groupe sont reliés, on dit que ça tourne.

– Et le lien avec un essaim ?

– Eh bien… en Afrique, un village a une identité rythmique faite de l'assemblage des rythmes de chacun, des enfants aux vieillards, selon chaque personnalité, chaque humeur. Quand tous jouent, ils sont évidemment reliés entre eux mais aussi à une dimension invisible.

Nimoël hoche la tête comme un humain. Il semble apprécier cette comparaison.

– Vous avez perdu votre connexion globale… et c'est pourquoi un grand tohubohu s'amplifie… selon nous, les êtres humains sont une seule et même espèce puisque dotée du même génome… et vos idées de races et vos guerres nous semblent insensées…

Avec étonnement, les trois francophones constatent que la traductrice a glissé dans la réponse le mot « tohubohu » en français. Matt et Léo interrogent du regard Aminata mais c'est Justin qui le leur traduit en anglais.

– Je vous invite maintenant à m'accompagner dans notre poste de pilotage, dit ensuite l'HN°KL.

Alors qu'ils se mettent tous en mouvement, Matt reste immobile.

– Nimoël…

Ils sont tous étonnés que l'australien, distant voire méfiant jusqu'à présent, s'adresse aussi directement à l'HN°KL.

– J'aimerais rester quelques minutes de plus ici, dans votre aire vivante et…

Ils sentent tous que Matt n'a aucune envie de continuer et de préciser le motif de sa demande. Lui attend une réponse de Nimoël, une réponse qui ne vient pas. Mais il insiste :

– Ensuite je souhaite revenir directement dans la cabine où nous nous sommes réveillés.

Cette obstination les intrigue mais ils attendent la réaction de Nimoël. Après une bonne minute durant laquelle l'HN°KL sonde visiblement Matt, Nimoël finit par acquiescer.

– C'est d'accord. Mais ne vous éloignez pas de la zone où nous sommes. Une IAO viendra vous chercher ici et vous ramènera.

– Merci beaucoup.

Quand Léo estime que l'octo-disque a pris assez d'altitude pour que Matt ne puisse plus l'entendre, il dit posément :

– Vous savez quoi… je crains que Matt veuille tenter quelque chose de stupide.

– Tenter quoi ? T'es quand même d'accord pour dire qu'il ne l'est pas, stupide ! rétorque Aminata.

– Euh… oui. Mais voler une navette en ordonnant à l'IAO de la piloter ?

Aminata s'apprête à lui répondre de nouveau mais Nimoël lève une main :

– D'une part un tel acte est impossible… et d'autre part, j'ai capté l'intention de votre ami. En fait, il est claustrophobe mais il n'aime pas le dire. En conséquence, il ressent un besoin intense d'espace car il craint de faire une crise d'asthme en restant trop longtemps dans une cabine. Une crise également impossible…

– Oh ! s'exclame Léo, embarrassé d'avoir injustement suspecté l'australien.

– Tout se passera bien, conclut Nimoël, tandis qu'une ouverture apparaît dans le pilier.

–{o}–

Matt regarde l'octo-disque qui s'élève et pénètre dans le tube ascenseur à une altitude plus basse que celle de leur arrivée. Il s'étonne de voir qu'Aminata lui fait des signes de la main. Il fait rouler doucement sa tête sur ses épaules pour se délester d'une tension dans la nuque.

Ensuite il observe les alentours avec un regard neuf. Il est persuadé qu'il est en sécurité : sur ce point, il veut bien se fier aux HN°KL.

Alors, il fouille une poche pour en retirer un baladeur numérique aussi petit qu'un domino de jeu.

Il choisit d'écouter *Back Off* de *Nicholas Tomalley*, un compositeur de néo psytrance progressive, un genre dont il est fan.

Pendant qu'il marche au hasard, il cogite sur les intentions des HN°KL car, globalement, il doute qu'ils se contentent d'aider sans demander une contrepartie. S'il est persuadé qu'ils ne veulent pas s'approprier la Terre, il envisage qu'ils soient revenus pour récolter les fruits d'une expérience. Il est vrai que les HN°KL ont donné un million de flashgones vingt ans auparavant, en échange d'une goutte d'océan, un infime prélèvement de vie terrestre dont on ne sait pas vraiment ce qu'ils en ont fait… L'implantation de ce réseau avait-elle pour but d'unifier l'humanité, ainsi qu'ils le disent ? Mais il est vrai que si c'est loin d'être réussi vingt ans plus tard, ce n'est pas de leur faute…

Matt s'arrête pour lever les yeux et observer de nouveau les soleils artificiels. Lorsqu'il se remet en mouvement, en direction d'un groupe d'arbres qui lui semblent fruitiers, il réalise que cette aire vivante totalement créée révèle une puissance contre laquelle l'humanité serait incapable de lutter.
Il enlève ses écouteurs et capte immédiatement un léger cliquetis métallique derrière lui. Il se retourne et voit un grand cercle végétalisé se détacher d'une colline puis se placer à l'horizontale et rester en vol stationnaire au-dessus de la pente. Un engin discoïdal sort de l'ouverture circulaire ainsi dégagée et répand une multitude de cônes pointe en bas. Matt les évalue de la taille d'une hotte de vendange. Chacune va alors prélever des fruits qui ressemblent à des oranges mais ces fruits sont d'un joli bleu cyan. Il ne voit pas très bien comment la « hotte » procède mais constate qu'elle revient vers l'engin et y dépose ceux qu'elle a cueillis. Ensuite, telle une abeille, elle repart en un incessant ballet.
Il marche encore cinq minutes en ruminant sur son intégration dans le groupe de potes d'Aminata qui n'est pas aussi aisée qu'il l'avait envisagée. Et il ne pige pas vraiment pourquoi. Et il en a un peu marre…

Il sursaute en découvrant soudain un animal qu'il compare d'abord à un émeu, un grand oiseau endémique de l'Australie qu'il a déjà vu lors d'un pique-nique à Diging Rock, dans les environs de Perth. Son plumage lui avait fait penser, bizarrement, au toit conique d'une hutte africaine. Mais ici, ce grand volatile de la même taille que lui est aussi bleu qu'un ara et sa tête ressemble presque à celle d'un hibou aux yeux jaunes.

Matt est traversé d'une brève crainte rapidement remplacée par une confiance envers les HN°KL qui l'étonne. En se persuadant que cet animal est inoffensif, il le laisse venir jusqu'à lui. Puis il cueille un fruit bleu et le propose en tendant le bras lentement. L'animal s'en détourne mais, sans s'éloigner, il commence à roucouler d'un air énamouré.

Du moins telle est l'impression de Matt qui choisit de reculer de quelques pas. Le grand oiseau visiblement affectueux, voire collant, le suit. Et Matt se demande s'il est dressé pour ça. Ou bien si c'est son odeur de terrien que son scaphandre partiel ne masque pas, qui lui rappelle sa femelle ou son mâle ?

Matt en arrive à envisager de lancer le fruit bleu en direction de l'animal pour tenter de le faire fuir lorsqu'un autre surgit du petit bois tout proche. Ce second volatile émet un son doux et flûté qui attire le premier.

Avec soulagement, Matt se voit ainsi libéré de cet oiseau même s'il semblait de bonne augure. Il remet les deux écouteurs de son petit baladeur et choisit l'album *Doom* du groupe *Zap Areen*.

Puis il se souvient de ses amis aborigènes qui vivent dans les environs de Cape Leveque, à moins de deux mille kilomètres au nord de Perth. Un aspect de sa vie si intime qu'il a eu envie d'attendre avant d'en parler à Aminata et aux autres.

Un pote lui avait donné le code pour transiter jusqu'à Kooljaman.

Ce qui lui avait évité de rouler secoué pendant des heures sur la Cape Leveque Road, une route en très piteux état. La première fois, il y était allé en touriste comme d'autres, australiens ou plus rarement étrangers, arrivés eux par la route déglinguée. Ensuite, il était allé jusqu'au bout de la péninsule de Dampier, à One Arm Point où vit une communauté aborigène.

Après plusieurs séjours, il avait sympathisé profondément avec Bundy, un aborigène de la communauté Djarindjin. Grâce à lui, il avait eu la possibilité d'aller dans des territoires interdits même avec un permis gratuit. Il avait parfois regretté la côte, un mélange du bleu cobalt de l'océan, du blanc du sable et de l'orange des rochers, car les mouches, les moustiques et les araignées à l'intérieur des terres l'horripilaient. Mais il avait été enchanté que Bundy l'initie à la vraie peinture aborigène. Et à d'autres aspects de sa culture et du Dreamtime.

Matt est ramené au présent en voyant un quadri-disque qui arrive d'un pilier lointain à une vitesse fulgurante avant de se stabiliser au-dessus de lui. Après quoi l'engin descend lentement. Matt s'y installe et quitte l'aire vivante puis repasse par le sas au niveau « paquebot » où il retire son scaphandre.

13

Aminata, Sara et Tim, Léo et Justin, guidés par Nimoël ont laissé l'octo-disque dans un hall de transfert identique à celui du niveau réservé aux êtres humains. Mais cette fois, ils ont bien évidemment gardé leur scaphandre partiel. Après avoir fait quelques pas, ils franchissent une grande ouverture ronde, débouchent dans une coursive et parcourent trente mètres pour passer par une autre porte circulaire.

Ils découvrent alors une vaste salle cylindrique d'une hauteur de trois mètres environ dans laquelle les sept couleurs de l'arc-en-ciel apparaissent, mouvantes, kaléidoscopiques, sur la paroi circulaire qui les entoure. Pendant quelques secondes, ils sont captivés par le jeu des couleurs. Puis Tim constate qu'il n'y a aucune ouverture vers l'extérieur du vaisseau. Et il se demande comment les HN°KL peuvent se concentrer sur leurs activités sans être distrait par les fluctuations de couleurs.

Le plus étonnant, c'est que les huit HN°KL présents dans le poste de pilotage semblent en lévitation. Dans ce nouvel environnement, les cinq terriens sont un peu déphasés. En fait, ces huit HN°KL sont assis sur des sièges antigravité identiques à ceux de la navette, devant des cylindres que Tim compare, sans le dire, à des bornes à incendie terrienne mais noires.
Sara pense à des ballons de grossesse de taille moyenne et sourit discrètement.

Une sphère virtuelle, une sorte d'hologramme, plane au-dessus et affiche des données qui changent rapidement.

En effleurant ces sphères, les huit pilotes présents les font pivoter lentement en touchant des icônes étranges. Tim compte douze cylindres et suppose donc que quatre HN°KL sont absents. Deux HN°KL se parlent sans traductrice : les visiteurs terriens croient entendre deux dauphins qui se chamaillent... Ensuite ils se taisent et l'impact des huit regards impassibles sur les cinq terriens est intense.

Entre chaque siège, une autre sphère noire, de la taille d'un gros ballon de fitness flotte à hauteur des pilotes. L'un des HN°KL tend un bras filiforme vers la machine qui se divise en deux coupoles et, dans l'une, il prend un objet muni d'une paille qu'il porte à sa bouche.

Aminata prend alors conscience qu'il y a une musique en sourdine dont elle reconnaît le compositeur :

— Hé... mais c'est du Mozart... un concerto pour piano et orchestre, non ?

— Si... répond Nimoël d'une voix que l'IAO a rendue enjouée.

Les cinq terriens sont étonnés à des degrés divers. Aminata continue sur un ton allègre :

— Est-ce que vous appréciez d'autres musiciens de la Terre ?

— Bien sûr... il nous arrive d'écouter Jean-Sébastien Bach, plus spécifiquement les *Variations Goldberg*... mais aussi Marin Marais, ou le chant de vos cétacés, ou George Gershwin, ou du didjéridoo...

Les cinq amis échangent des regards et hochent la tête, surpris par le vrac de cette énumération.

— Vous aimez les arts des terriens ? demande Justin.

– Oui et non… c'est très étrange pour nous. Nous sommes un essaim et nous n'avons pas d'art qui exprime l'individualité comme vous sur Terre… mais nous aimons contempler des fractales… que l'on trouve à l'état naturel aussi bien sur notre planète que sur la vôtre.

– Moi aussi, je kiffe les fractales.

– Hmm… sur Terre les fractales ça peut être chou…

Seule Aminata saisit l'allusion au légume et elle ajoute :

– Mais ce n'est pas celui qu'on utilise pour la soupe aux choux…

– Bien vu. Fallait y penser, renchérit Tim.

– Eh, les funny frenchies… ce sont encore des vannes d'initiés ? questionne Matt sans acrimonie.

– Oui. Mais désolé c'est intraduisible !

Justin sourit, accoutumé aux blagues de Tim, et pose une question dont la réponse semble évidente :

– Comment pilotez-vous sans aucune vue sur l'extérieur ?

– Nous naviguons tout simplement selon les données des capteurs externes du vaisseau… mais si vous voulez une vue de l'extérieur, voici une image transmise par une IAO satellite.

Au centre du cercle des pilotes, une grande sphère se matérialise et affiche une image tridimensionnelle. À première vue, les cinq terriens constatent qu'ils sont environnés d'un fatras de cailloux, voire de glace pilée…

– C'est comme ça, la ceinture de Kuiper ? On dirait qu'on est au milieu d'une allée de graviers ! plaisante Léo.

Une autre image efface la précédente et ils voient le vaisseau vaste, sphère parfaite et bleu nuit, au milieu d'une multitude de blocs gelés plus ou moins gros. Des navettes de tailles diverses entrent et sortent à différents niveaux du vaisseau vaste.

– Vous le voyez, nous avons des navettes de plusieurs tailles. Vous avez voyagé dans la plus petite que vous avez nommée une gélule.

Mais nous avons aussi des Megans : cent quatre vingt mètres de long avec un diamètre de trente qui peuvent embarquer quatre milles passagers. Et des Gigans : neuf cents mètres de long avec un diamètre de cent cinquante qui peuvent embarquer dix sept milles passagers.

– Des géantes, je dirais !

– Quant à nos plus grandes, elles font mille huit cents mètres de long avec un diamètre de trois cents mètres et peuvent embarquer trente quatre milles passagers. Nous les nommons des Térans…

– Wow ! Alors là, c'est l'équivalent de cinq paquebots !

– Elles peuvent être pilotées par des IAO. Mais pour le vaisseau vaste, il est nécessaire d'avoir douze pilotes qui sont reliés psychiquement, plus encore que dans l'essaim. Et nous n'utilisons pas d'IAO, du moins pas directement.

Les cinq terriens observent encore une minute le chaos extérieur puis Nimoël fait un signe et la vue disparaît.

– Sur Terre, on continue de penser qu'il est impossible de dépasser la vitesse de la lumière, dit Tim.

– C'est le cas dans cet univers… mais aussi dans l'univers symétrique.

– Vous voulez dire un univers parallèle ?

Nimoël se tait pendant trois secondes, apparemment pour réfléchir. Un instant qui semble interminable aux cinq êtres humains. Tim envisage de lui demander s'il a pris le temps d'étudier tous les modèles cosmologiques… ou s'il a seulement échangé quelques pensées avec un autre HN°KL.

– Je vois ce que vous voulez dire… mais s'il était strictement parallèle, il n'aurait aucun point de contact avec celui-ci. Or nous savons passer de l'un à l'autre. Et c'est ainsi que nous voyageons car, paradoxalement, au passage nous entrons ou sortons en un autre point de chaque espace.

– Je ne suis pas sûr de bien piger…

Cette fois, Nimoël continue aussitôt :

– En fait, nous voyageons dans des sphères d'espace : ce sont elles qui se déplacent, pas nous. En conséquence, nous ne subissons aucune accélération de la pesanteur, là où il y en a.

– Nous n'en n'avons pas souffert non plus dans votre navette, intervient Justin.

– Oui mais c'est une autre technologie…

– Vos navettes ne passent pas d'un univers à l'autre ?

– Non. Elles sont trop petites…

– Hey ! Ce qu'on entend, c'est un morceau de *Far Orbital*… le dernier album du groupe *Nincompoop Whisper* !

Ils regardent Justin comme s'il venait de les téléporter.

– Vous ne connaissez pas ? C'est du style *No Gravity*… c'est de circonstance, non ?

– Tout à fait de ton avis, Sridjé ! affirme Léo.

Sara, Tim et Aminata observent l'HN°KL, guettant sa réaction. Mais Nimoël reprend posément :

– En effet, nous aimons aussi certains de vos compositeurs actuels… une IAO a probablement téléchargé cette musique depuis notre retour… mais pour en revenir à l'espace symétrique, je vous propose une analogie : sur votre planète, une bulle d'air dans l'eau remonte à la surface avec une vitesse qui varie selon sa taille et avec une trajectoire éventuellement en zigzags. D'une façon presque similaire, une sphère de l'univers symétrique plongée dans cet univers tend à revenir dans son univers d'origine. Nous sommes simplement capables de créer et diriger une telle « bulle » d'espace en y ayant inclus notre vaisseau vaste.

– Simplement, vous dites… murmure Tim.

– Les passages entre les deux univers ne peuvent se réaliser que dans une zone d'influence d'une naine rouge. Une zone dont le rayon est de cinq années-lumière autour d'une étoile de ce genre.

– Ce serait comme un aéroport : vous ne pouvez arriver et partir que de là ?…

– En quelque sorte… heureusement, quatre vingt pour cent des étoiles de notre galaxie, que vous vous nommez la Voie Lactée, sont des naines rouges. Et il en est de même dans l'univers symétrique.

– Mais notre soleil n'est pas une naine rouge ! lance Sara avec assurance.

– Non. Mais à quatre années-lumière de votre soleil, Proxima du Centaure en est une. C'est donc dans sa sphère d'influence que nous sommes revenus dans cet univers.

– Ah… je comprend.

– Mais pourquoi passer par la Terre, il y a vingt ans ? s'étonne Tim.

– Comme vous, nous sommes parfois animés par la curiosité.

– Et pas par nos ressources ? Car je présume que celles d'une seule planète ne peuvent pas suffire pour développer toute votre technologie.

– Effectivement, après sept cent mille ans toutes les planètes de notre système stellaire arrivaient à épuisement. Et ce malgré notre sobriété de consommation car depuis des milliers d'années nous ne produisions que des objets à obsolescence longue… En conséquence, même sans la supernova, il nous fallait quitter notre planète.

– Et comment avez-vous découvert la Terre ? Par hasard ?

– Non, aucun hasard. Son existence et son intérêt nous ont été révélés par d'autres exogènes : les Wandjinns qui visitaient votre planète depuis plusieurs millénaires…

Les cinq terriens restent muets pendant quelques secondes. Mais après réflexion, aucun d'entre eux n'est vraiment surpris d'apprendre que la Terre a déjà été découverte par d'autres voyageurs interstellaires. Tim qui a remarqué l'imparfait dit :

– Visitaient ?

– Oui. Ils ont renoncé à faire d'un être humain leur animal de compagnie.

– Quoi ?! Comme nous avec les chiens et les chats ?

– Quasiment. Mais vous avez eu de la chance : ils ont estimé que l'être humain est potentiellement trop agressif…

– Eh bien, tant mieux !

– Oui ! On la échappé belle.

– Et ils ressemblent à quoi ?

– Ce sont des humanoïdes de dix mètres de haut, rouges et tachetés de ronds noirs… les géants dont parlent certaines de vos légendes.

– Un genre de coccinelles grand format ? ironise Léo.

– En tout cas, vu leur apparence, on sait qu'ils ne venaient pas de la ***Planète Sauvage***…

– T'as visité une autre planète sans nous le dire ? demande Sara en lui ébouriffant les cheveux.

– Mais non ! Je fais allusion à un film d'animation, dit-il en lui tapotant le bras.

Aminata sourit tandis que Matt semble agacé par cet aparté pourtant peu intime.

– Et vous les HN°KL, vous visitez la Terre depuis quand ? demande-t-il.

– Depuis 1932, sept vaisseaux vastes ont stationné dans la ceinture de Kuiper, tous les quinze ans, plus ou moins.

– Alors en 1947, la navette qui s'est écrasée au Nouveau-Mexique, c'était vous ? questionne Justin.

– Oui. Malheureusement.

– Et depuis des décennies, tous les gouvernements successifs nous le cacheraient ? s'étonne Sara.

– Tu sais, pour eux, c'est une affaire de loufs au logis… glisse Tim, en français.

– Quoi ?

– L'ufologie…

– Je vois… toi, où que l'on aille tu feras le loufoque ! réplique Sara, avec un sourire indulgent.

– Il paraît même que certains présidents n'ont jamais été vraiment briefés ! intervient Justin.

– Pourtant, nous avons rencontré le président Eisenhower en 1954, sur une base nommée Edwards en Californie, objecte Nimoël.

– J'ai entendu parlé de survols, dans les années soixante, des bases de Holloman au Nouveau Mexique, Malmstrom dans le Montana et Minot dans le Dakota du nord… c'était encore vous ? insiste Justin.

– Effectivement. Nous…

Nimoël s'interrompt lorsque deux HN°KL se lèvent. Un échange télépathique semble se faire entre eux. Puis les deux partenaires de Nimoël quittent lentement le poste de pilotage. Entre alors un autre HN°KL dont la peau lisse et luisante est de la couleur du cuivre, un être qu'ils n'ont pas vu jusqu'à maintenant. Immédiatement, Justin la reconnaît et s'exclame, ravi :

– Loyatsin !

Cueillant les cinq terriens par surprise, la flamboyante HN°KL qui semble rousse des pieds à la tête, les salue avec un shaka dans lequel l'annulaire manquerait. Elle aussi est vêtue partiellement d'un sarouel féminin.

Visiblement subjugué par la présence de Loyatsin et comme saisi d'une hallucination consécutive à un flash, Justin s'absente dans ses souvenirs : lors de leur premier contact il avait onze ans et il le revit intensément. Il s'était réveillé au milieu de la nuit et, comme un somnambule, il s'était habillé. Ensuite il était sorti de la maison par la fenêtre de sa chambre dans l'air tiède de l'été.

Sans s'étonner, sans s'inquiéter, il s'était assis sur un disque guère plus grand que ses bras écartés. Un disque noir comme un antique vinyle qui l'avait emmené au-dessus des toits des maisons jusqu'au sud de Fargo. Les HN°KL s'étaient posés pour une plus grande discrétion dans un champ de blé, à la limite de la ville. Plus précisément, leur navette s'y était stabilisée, sans aplatir les céréales. Cette fois-là, les cultures étaient restées sans cercle dans des champs non magnétiques…
Justin était entré dans l'engin et s'était retrouvé face à deux HN°KL pour la première fois de sa vie, en se demandant s'il rêvait et en tremblant un peu, malgré le calme transféré sur lui par les deux extraterrestres. L'un des êtres l'avait sondé mentalement et Justin avait entendu une voix, moitié féminine moitié masculine.
On lui avait annoncé plusieurs évènements à venir, et notamment que ces êtres reviendraient quand il aurait trente et un ans. Le lendemain matin, il s'était encore demandé s'il avait fabulé pendant la nuit. Quand il avait voulu en parler à Rachel, sa mère, il s'était aperçu que pas un mot ne pouvait sortir de sa bouche.

En revenant au présent, Justin ressent une onde de chaleur et de douceur qui le calme et dont il sait qu'elle émane de Loyatsin. Malgré cela, une expression évidente de regret apparaît sur le visage du jeune homme lorsque l'HN°KL, après un autre signe de la main, s'éloigne pour aller s'asseoir dans le cercle du poste de pilotage. Léo touche doucement l'épaule son ami pour attirer son attention et l'inviter à quitter les lieux à leur suite et celle de Nimoël.

14

Dans une cabine proche de celle où Elena dort encore, captive du sortilège des Squamates, un homme se réveille soudainement. La première chose qu'il voit, c'est une surface blanche mais sa vision périphérique lui révèle également qu'un corps gît à sa droite. Il s'assied et s'aperçoit qu'ils sont deux sur un grand lit. Le décor lui rappelle un vieux film tourné quarante cinq ans auparavant et qui se passe sur un transatlantique. Il en a oublié le titre, peut-être quelque chose comme « Ils paniquent »... Mais ici l'ambiance est plus contemporaine.

L'homme sait aussi qu'il se prénomme Diprien. Il lui semble que quelques minutes auparavant, il fermait la porte de sa maison entourée de grands champs de lavande, très isolée quelque part sur le plateau de Valensole, en France. Mais après avoir fait quelques pas, il se dit que c'était en réalité quelques jours plus tôt. Il lui est difficile de distinguer la réalité du rêve : un engin ovoïde gris métallisé se serait posé devant chez lui, un lézard géant en serait sorti. Diprien se demande s'il est influencé par un récit qui l'a tant impressionné enfant. Celui de son arrière-grand-père maternel qui disait avoir été paralysé par deux farfadets sortis d'une dauphine quand il était un jeune adolescent, en 1965...

Diprien se lève et se voit dans un miroir mural : un grand type costaud et barbu, aux yeux bleus, fringué comme souvent d'un vieux futal beige et d'une chemise ancienne en coton imprimé de cigales stylisées.

166

Dans ses souvenirs récents il y a beaucoup de flou et pourtant il ressent un besoin impérieux d'aller vers un lieu précis. Une série de pensées visuelles lui vient : il voit des coursives et des sortes d'ascenseurs. Un collier dont il est sûr qu'il n'est pas le sien mais qu'il doit manipuler. Il touche sa poitrine et constate que l'objet est déjà autour de son cou.

Il sent qu'il a soif. Il trouve rapidement le point d'eau et, sans chercher un verre, après avoir constaté qu'un détecteur de mouvement en déclenche l'écoulement, il boit dans ses mains en coupe.

De nouveau traversé par les images de l'endroit où il doit aller, secoué par un ordre intérieur, il sort de la cabine. En débouchant dans un long couloir, il sait où aller, à la fois étonné par ce lieu qu'il n'a jamais vu et à l'aise comme s'il avait été préparé à s'y déplacer. Il résiste encore un peu à l'impulsion et ouvre une porte voisine, un acte non planifié. Sans entrer, il compte quatre inconnus endormis et confusément ça le met mal à l'aise. Mais il ferme la porte et s'éloigne d'une cinquantaine de mètres.

Puis il voit arriver un petit véhicule avec un type assis, bien réveillé celui-ci. Une colère l'envahit tandis qu'un autre aspect de lui s'en étonne et tente même de la contenir.

De son côté, Matt est surpris de voir un inconnu mais il suppose que les HN°KL ont réveillé d'autres êtres humains que les Squamates avaient conditionnés. Le quadri-disque s'immobilise automatiquement devant la porte de la cabine où ils ont mangé en présence de Naawabza. Matt en descend et les deux hommes sont maintenant à un mètre l'un de l'autre.

– Hey, dude ! Speak english ? demande l'australien.

Le type ne répond pas. Il a l'air hagard et il fixe Matt avec des yeux écarquillés.

Et soudain, sans préavis, sans changement dans son visage, il fait un pas de plus et tente de frapper Matt d'un puissant crochet du gauche. Mais Matt a décelé la rotation du buste de l'homme pour armer son coup et il esquive en reculant d'un pas. Diprien avance et lance un crochet du droit que l'australien évite de nouveau en se baissant. Puis Matt enchaîne son mouvement dans une contre-attaque : il se redresse pour saisir la nuque de Diprien, le force à s'incliner, le frappe au ventre avec son genou et le fait chuter en lui bloquant l'avant-bras droit au niveau du poignet.

– Mais c'est quoi ton blème, mec ?

Le type reste muet. Matt le libère en reculant rapidement. Mais l'inconnu renouvelle son attaque dès qu'il s'est relevé. Et cette fois, exaspéré par cette agression incompréhensible, Matt le met K.O. en réagissant avec son entraînement de Krav Maga. Il ressent un léger remord mais il s'en déleste aussitôt : le gars était vraiment trop obstiné !

Ensuite l'australien le soulève avec effort en le prenant sous les aisselles. L'homme est lourd : Matt s'y attendait, il est solidement bâti. Matt le lâche en douceur et décide d'aller voir plus loin, d'autres cabines, pour tenter de savoir d'où est venu son agresseur. À chaque fois, les lits y sont occupés par des êtres humains inconscients. Encore plus loin, il prend le pouls d'une femme d'une quarantaine d'années et le constate régulier. À côté d'elle, il y a une place sur le lit.

Matt revient vers l'homme toujours inconscient et décide de tenter de se faire aider par l'IAO du quadri-disque.

– IAO ? lance-t-il d'un ton incertain.

– Oui ?

– Euh… pouvez-vous me déposer quelques mètres plus loin ? Stopper au moment où je vous le dirai ?

– Oui.

Matt réussit à asseoir plus ou moins correctement le type et le maintient en s'installant à côté. Après quoi il donne de brèves instructions au quadri-disque. Arrivé à la cabine qu'il a déjà repérée, il tracte l'homme jusqu'au pied du lit mais renonce finalement à l'y coucher. Il le laisse sur la moquette et regagne la cabine dans laquelle il s'est réveillé avec Tim et Léo. Là, il va se remplir un gobelet d'eau en se demandant ce qui arrivera quand son agresseur reprendra conscience. Et en se disant que les HN°KL leur cachent peut-être leurs vraies motivations…

–{o}–

Au même instant, une dizaine de mètres plus loin dans le couloir, d'une autre cabine où Matt n'a vu que des humains endormis, une jeune femme sort. C'est une grande black svelte âgée de trente six ans qui se demande où elle se trouve et comment elle est arrivée là. Depuis qu'elle s'est réveillée, elle tente de rassembler ses souvenirs confus. Elle se souvient qu'elle avait quitté Hararé, une grande ville du Zimbabwé où elle vit, vers minuit pour aller fêter son anniversaire le lendemain chez sa mère à Ruwa. Entre deux villages, au milieu de la route déserte, une ombre ovoïde vaguement luisante sous la lune était apparue devant sa voiture électrique vert pomme. Le moteur avait calé et tous les éclairages s'étaient éteints. Elle n'avait même pas eu le temps de s'affoler avant de perdre conscience.
À présent elle se souvient qu'elle portait plusieurs bijoux : des colliers, une amulette, des bracelets à chaque poignet. Alors elle s'étonne de ne plus avoir sur elle qu'un collier de perles métalliques grosses comme des balles de golf. Un objet dont elle est certaine qu'il ne lui appartient pas…

Reprise par une pulsion incontrôlée, elle s'éloigne dans la coursive comme une somnambule. Mais après quelques pas elle s'arrête et reste immobile pendant une bonne minute. Quelque chose lui dit qu'elle va dans une mauvaise direction. Alors elle fait demi-tour et repart, toujours aussi lentement et en mode zombie.

Un autre souvenir refait surface, pourtant très ancien : un jour, sa mère lui a raconté qu'elle jouait avec plusieurs dizaines de camarades, tous âgés de huit à douze ans, dans la cour de l'école à Ruwa lorsqu'ils avaient été attirés par un léger sifflement. Ils avaient alors vu à une centaine de mètres ce qu'ils avaient d'abord pris pour un wagon de train sans fenêtres. Chose étrange puisque aucune voie ferrée ne passait à proximité. Ensuite deux êtres de petite taille dont tous les enfants avaient deviné qu'ils n'étaient pas humains en étaient sortis. Cela s'était passé en 1994, sa mère avait dix ans et s'en souvenait mieux que du plat qu'elle avait cuisiné la semaine précédente, disait-elle à chaque fois.

La jeune femme a déjà parcouru deux cents mètres lorsqu'une IAO vient à sa rencontre. Une sphère de la taille d'un ballon de basket qui plane sans la moindre oscillation et demande :
– Puis-je vous aider ?
Sans aucun étonnement face à cet engin qu'elle n'a pourtant jamais vu, mais avec agacement, la jeune femme réplique :
– Non !
L'IAO opte pour une voix masculine et autoritaire.
– Quel est votre nom ?
Dans les yeux de la jeune femme une lueur de lucidité vacille quand elle répond doucement.
– Amacélie…
– Où voulez-vous aller ?
– Conduisez-moi au niveau du générateur !

– Lequel ?

De nouveau, pendant une minute, Amacélie ne bouge plus et reste silencieuse. Enfin, elle ajoute :

– Celui qui me permet de tenir debout.

Elle n'a pas conscience de l'imprécision de sa réponse, ni même de ce qu'elle a voulu dire.

– Un HN°KL vous a-t-il dit qu'il allait vous guider jusqu'à ce niveau spécifique ? interroge l'IAO qui a su deviner de quoi parle cet être humain.

– Un quoi ?

– J'en déduis que non… mais veuillez attendre un instant. Un véhicule va venir. Vous devrez vous équiper d'un scaphandre.

L'éventualité qu'elle doive monter dans un véhicule a été prévue. En conséquence Amacélie accepte sans réticence la proposition. Quelques secondes plus tard un quadri-disque ralentit jusqu'à la toucher et elle s'y installe.

Pendant le très bref trajet, des souvenirs d'adolescente dans une fête foraine lui reviennent. Elle a vingt ans de moins et elle s'amuse comme une folle dans un train fantôme.

Dans le sas du tube ascenseur, l'IAO lui explique comment porter le scaphandre partiel. Après quoi Amacélie descend d'un niveau et émerge dans un autre couloir. Une chance pour elle, les HN°KL ont voulu que toutes les coursives de leur vaisseau soient hautes de plafond, de leur point de vue. Elle peut donc se déplacer sans se courber. Mais une pulsion intérieure la force à vouloir être seule.

– Vous pouvez me laisser maintenant ! réclame-t-elle.

– Non. Pour sa sécurité, je ne suis pas autorisée à laisser un être humain seul à ce niveau.

Amacélie hurle soudain :

– Tire-toi, putain de machine !

– Avez-vous un problème ? Dois-je contacter un superviseur ?

L'intonation calme et la voix, féminine cette fois, semblent l'irriter encore plus.

– Va te faire foutre !

– Cette demande est irréalisable.

Amacélie renonce et s'éloigne sans commenter, suivie par l'IAO. Des éclairages s'activent puis s'éteignent au fur et à mesure qu'elle avance. Quand elle a parcouru cinq cents mètres de ce niveau du vaisseau, elle s'assied sur le sol et retire son collier. Avec l'ongle du pouce, elle sépare toutes les « perles » puis les réassemble par simple contact mais dans un ordre spécifique et différent. Ce nouveau collier, de vingt cinq centimètres de diamètre, devient luminescent. Sans un mot, l'IAO laisse la jeune femme et retourne d'où elles sont venues.

Amacélie se relève et se souvient alors que l'une des « perles » devra pulser d'une lumière verte lorsqu'elle sera à proximité du cœur du générateur de gravité. Cinq minutes plus tard et plus loin, le signal s'active. Amacélie pose le collier sur le sol et s'assied de nouveau. Elle n'a plus rien à faire. Elle n'attend rien, immobile comme un jolie poupée oubliée.

Guidé par l'IAO qui a lancé une alerte dès leur arrivée à ce niveau, Aïnari rejoint la jeune femme et la trouve presque endormie dans une lumière d'abord tamisée. Une lueur verte clignote à son cou.

L'HN°KL décèle immédiatement un comportement anormal et devine que cet être humain a subi une programmation de la part des Squamates. Et que ce collier examiné par l'IAO est désormais une machine de destruction.

– Jeune femme, vous allez me suivre maintenant.

– Non ! Je dois rester ici.

– Si. Vous allez me suivre maintenant ! dit Aïnari avec la même voix autoritaire que précédemment.

Amacélie refuse d'obtempérer.

– J'te dis non, p'tit chieur ! hurle-t-elle.

Impassible, Aïnari se met à chanter une étrange mélopée que l'IAO ne traduit pas. Au bout d'une minute Amacélie se lève et il se tait. Elle dépasse l'HN°KL de deux têtes et elle est décidée à le frapper, insensible au chant. Cet être ressemble à ceux que sa mère lui a décrit et qui lui avait fait si peur.

Aïnari ne bouge pas d'un pouce… qu'il a nettement plus long que celui d'un humain. Mais il émet un cliquetis modulé. Et lorsque Amacélie n'a plus qu'un pas à faire pour le gifler elle s'écroule, inconsciente.

L'HN°KL vient d'activer un bouclier invisible qui se déploie en sphère autour de lui. C'est un champ d'énergie qui rend inconscient tout être vivant qui le traverse. Il émane d'un objet qu'il porte lui aussi autour du cou, un genre de torque.

Un instant plus tard, deux IAO d'un modèle différent rejoignent alors l'HN°KL qui réussit à faire rouler au sol sur un brancard antigravité, le corps de la jeune femme. Il ramasse le collier qu'il confie à une autre IAO de transport. Quelques minutes plus tard l'objet que portait Amacélie est éjecté loin dans l'espace où il ne détruit qu'un amas de gros blocs de méthane gelé en les transformant en glace pilée.

15

Justin, Léo, Aminata, Sara et Tim accompagnés par Nimoël ont quitté le poste de pilotage dans un octo-disque. Ils sortent d'un tube ascenseur au niveau configuré pour les êtres humains dans le sas où ils s'étaient équipés précédemment. Ils se débarrassent de leurs scaphandres partiels pendant que Nimoël en revêt un. Ils remontent dans l'octo-disque, franchissent la seconde porte et redécouvrent le labyrinthe où s'alignent à intervalles réguliers une multitude de coursives et de portes de couleurs différentes.

– Hé mais j'y pense… comment faites-vous pour retrouver la cabine où se trouve Elena ? demande Justin.

– Une adresse dans notre réseau a été attribuée à chaque alvéole et ce sont les IAO qui nous guident.

– Ah ! Donc ce sont vos traductrices qui retrouvent le chemin ?

– Non. L'octo-disque est aussi une IAO.

Et, effectivement, l'engin stoppe devant une porte aussi anonyme que les autres. Après quoi, étant presque de la taille de la coursive, il tourne lentement sur lui-même pour leur permettre de descendre l'un après l'autre. Lorsqu'ils entrent dans la cabine où Elena, belle à la joie dormante, est éclairée par une lumière ténue, Nimoël émet un son bref. Aussitôt l'éclairage revient à son maximum et révèle la présence de Naawabza.

L'HN°KL est déjà là, debout au pied du lit, diffusant une autorité certaine et une force étonnante pour sa petite taille.

Nimoël s'approche d'elle et les deux êtres se touchent le pouce avec douceur, main tendue. Puis ils échangent quelques sons delphiniens qui sonnent joyeusement. Enfin Nimoël déclare au groupe :

   – Je vous laisse avec Naawabza… que l'essaim soit avec vous !

Une seconde après qu'il soit sorti, Aminata s'assied sur le lit et prend une main de l'adolescente.

   – Vous êtes certain de réussir, cette fois ? demande-t-elle après avoir hésité puis décidé qu'une HN°KL ne peut pas se vexer d'une question qui semble mettre en doute ses compétences.

À la surprise des cinq terriens, Naawabza place l'équivalent de son index devant sa bouche mince, sans rien dire. Mais tous comprennent qu'elle demande le silence.

Malgré cela, étourdiment et comme pour lui-même, Léo intervient :

   – Tiens… Matt n'est pas déjà là ?

   – Je ne serais pas étonnée qu'il se balade encore dans l'aire vivante… répond Aminata.

Naawabza incline sa tête doucement vers son épaule droite puis vers son épaule gauche, deux fois. Est-ce pour détendre ses cervicales comme un humain ? Ou est-ce pour signifier son agacement ? Quoi qu'il en soit, la traductrice énonce d'une voix neutre :

   – Non. L'IAO la ramené ici, il y a quelques minutes.

   – Il est dans la cabine où nous étions avant ? demande Léo.

   – C'est cela.

   – Je vais le chercher !

   – Je te suis, décide Tim.

Tandis que Léo acquiesce d'un hochement de tête, Aminata souhaite une confirmation :

   – On vous attend pour le réveil d'Elena ?…

– Bien sûr. On en a pour quelques secondes !

Lorsque Tim et Léo entrent dans la cabine voisine, ils découvrent Matt assis jambes croisées sur le sofa, l'air pensif et préoccupé, en train de boire un gobelet d'eau.

– À votre santé, les amis !

– Merci… euh… tu viens à côté ? Naawabza s'apprête à réveiller Elena.

Matt fait une grimace que Tim et Léo ne décryptent pas.

– T'as un blème ? demande Léo, cordialement.

– J'ai vu des êtres humains endormis et j'ai été attaqué par l'un d'eux !

– Un somnambule donc ?

– Mais non !

– Tu viens de dire que t'as été attaqué par une personne qui dormait… insiste Léo.

– Dans ce groupe, un type s'est réveillé et, sans aucun motif, il m'a agressé.

– Aucun motif ? demande Tim l'air incrédule.

L'australien hausse les sourcils.

– Je n'avais rien dit pour le provoquer… si c'est ce que tu veux insinuer.

– OK. Et où est-il, ce type ?

– Me suis vu obligé de l'assommer et je…

– Non ?!

– Et je l'ai ramené sur un plumard dans sa cabine.

Tim et Léo échangent un regard : doivent-ils croire Matt ?

– D'accord. Mais passons à côté : ils nous attendent.

– Bullshit ! Je suis persuadé que les HN°KL nous cachent quelque chose, martèle l'australien en se levant. Pourquoi y'aurait-il des dizaines d'êtres humains endormis sinon ?

– Relax man ! On va en parler avec Naawabza !

– Bon… tu viens où tu restes là ?

Matt lâche un grognement mais les suit.

Quelques secondes plus tard, lorsque les trois hommes franchissent la porte restée ouverte, Aminata les scrute avec agacement :

– Eh bien, vous en avez mis du temps !

– Oh… pas tant que ça ! rétorque Léo, jouant la désinvolture.

Avant qu'Aminata ne réplique, Naawabza émet des sifflements et des cliquetis plus forts que précédemment :

– Un vrai silence est nécessaire pour réveiller votre amie !

Ils la regardent tous avec étonnement. Est-ce la traductrice IAO qui a choisi cette intonation autoritaire d'une voix féminine pour énoncer cette phrase ?

– Êtes-vous enfin disponibles ? ajoute l'HN°KL.

Alors Naawabza entame le débogage après avoir posé doucement une main gantée sur le haut de la tête d'Elena. Et, pendant une minute, elle émet des sons qui rappellent le babil d'un dauphin mais en sourdine et avec lenteur.

Enfin, sans aucun mouvement préliminaire, Elena ouvre les yeux et fixe le plafond pendant quelques secondes. Ensuite elle se tourne vers Aminata et observe ses potes. Matt s'émerveille : effectivement, elle a des iris bleus myosotis qui semblent ouvrir sur d'autres dimensions. Une beauté à booster le souffle.

– Elena… ça va ? murmure Aminata.

L'adolescente serre doucement la main de son amie. Elle se connaissent depuis seize années, depuis la naissance d'Elena. Aminata aime la jeune italienne comme une seconde fille. Nadia, la mère de la française et Téa, celle de l'adolescente, étaient déjà amies.

– Ça va… qu'est-ce qui m'est arrivé ? Je me souviens de rien… ou presque…

Justin très joyeux se jette quasiment sur elle, la prend d'abord par les épaules puis lui plaque une bise sur chaque joue.

– Sridjé ! Ravie de te revoir !

– Vraiment, tu te souviens de rien ?

– Si… un type m'a obligée à le suivre. Je me demande comment, pasque je suis certaine de n'avoir rien avalé venant de lui… quelques minutes avant, j'ai bu du thé vert mais j'avais testé la boisson.

– Ça ne venait pas d'une boisson, précise Aminata.

Elena hoche la tête, apparemment satisfaite de savoir qu'elle est tombée dans ce piège malgré elle.

– Ensuite, continue-t-elle, je me suis retrouvée dans un groupe… et tu y étais aussi, Sridjé !

– Pour moi, c'est le trou noir total !

– On est où ?

– Dans un vaisseau vaste…

– Dans quoi ?… un happening organisé par un artiste du Saving Man ? Une idée de toi, Sridjé, je parie !

– C'est pas une infox, mon ange ! Ce que dit Ami est vrai.

Elena caresse de l'index son joli nez puis ajoute :

– On dirait une cabine de paquebot. En plein désert, c'est très guignol !

– Elena, c'est pas un canular, insiste Aminata.

– Depuis plusieurs heures, nous sommes effectivement à bord d'un immense vaisseau extraterrestre, confirme Justin.

– Sans déconner ?! Et ces deux petits bonhommes ne sont pas des enfants déguisés ?…

Tous les amis d'Elena sourient tandis que les intéressés, fidèles à eux-mêmes, restent impassibles. Pourtant il est certain qu'ils ont capté le sens des paroles sans la traduction de l'IAO. L'adolescente prend tout de même plusieurs secondes pour les observer avec plus d'acuité.

Après quoi elle plonge son regard dans les yeux d'Aminata pour s'assurer que tout ceci est bien vrai. Enfin elle se lève. Et Matt constate qu'elle fait presque la même taille que lui. Et il ressent la sensualité intense qui émane de la jeune femme, d'autant plus troublante qu'elle est naturelle, dénuée d'une intention de charmer. Quand le regard d'Elena croise le sien, un regard malicieux mais également d'une profonde maturité, il doit faire un effort pour se souvenir qu'Elena est une ado de seize ans.

Elle contourne le lit lentement, ses amis s'écartent, elle s'approche de Naawabza, restée debout. Soudain, une pensée lui parvient qu'elle ressent clairement comme une autre voix mentale que la sienne : « Nous sommes revenus pour vous aider, vous les terriens. Et oui, nous sommes des HN°KL. Et oui, tu es à bord de notre vaisseau principal, loin de la Terre. Mais sois tranquille, tous tes amis sont ici. »

Après avoir estimé que ce contact télépathique suffirait à persuader Elena de la réalité de ce qu'elle vit, Naawabza passe en mode verbal pour que tous puissent l'entendre.
— Nous sommes en joie que vous soyez redevenue vous-même.
Elena scrute l'HN°KL et la trouve bien impassible. Elle se dit que ces extraterrestres n'ont pas l'air d'être des joyeux drilles et aussitôt se demande in petto si sa pensée a de nouveau été captée. Puis elle va se planter devant la fenêtre.
À son tour, elle contemple l'océan et une île basse jusqu'à ce que Naawabza dise une phrase non traduite. Une vue de la ceinture de Kuiper apparaît alors : des rochers en vrac dont certains mesurent en réalité des dizaines de kilomètres.
— Et ça, c'est une vue réelle, explique l'HN°KL en italien.
Ce qu'Elena reçoit comme un signe de courtoisie déroutant, avant de s'exclamer :

– Wow ! Yobi délire !

Elle gratifie tout le monde d'un sourire éclatant qui révèle deux petites fossettes de part et d'autre de sa bouche.

Alors Naawabza, via la traductrice, demande :

– Avez-vous soif ou faim ?

Ce qui amène Elena à remarquer l'IAO qui plane et l'étrangeté des voix humaines en alternance féminines et masculines.

– Maintenant que vous le dites… oui ! répond l'adolescente, comme si c'était l'un de ses potes présents qui avait posé la question.

Une décontraction qui révèle une grande capacité d'adaptation et une stabilité émotionnelle que bien des adultes pourrait lui envier.

– Euh… moi aussi, lance Justin.

– Toi, dès qu'il s'agit de se régaler…

– Djee !… ici, ne t'attend pas à un repas de gourmet !

Et tous les autres éclatent de rire.

– Dans ce cas, passons à côté, si vous le voulez bien. La table y est plus grande, propose Naawabza.

Comme précédemment, elle fait apparaître un écran virtuel au centre de la table et passe la commande pour les sept êtres humains.

– Si vous voulez des boissons autres que l'eau, elles ne sont disponibles que sous forme de sphères liquides, précise-t-elle.

– Vous auriez un Chablis Grenouilles ?… demande Tim, en français et pour plaisanter.

En moins d'une seconde l'HN°KL a obtenu l'information en lien avec la question et répond sérieusement :

– Non. Désolé.

Léo souhaite en savoir plus et s'enquiert, en français lui aussi :

– De quoi tu parles ?

– D'un grand cru de Bourgogne…

– Tu vois bien qu'ils ne sont pas des petits hommes verres !

Tim s'étonne d'abord de la réponse du brésilien puis réfléchit quelques secondes. Il sait que son ami a pigé qu'il parle d'un vin. Et il comprend enfin.

– Oh… joli ! Tu es digne du Witz !

Elena observe pendant une bonne minute la première balle qui lui a été servie et dit :

– Racontez-moi ce qui s'est passé pendant que j'étais dans les vapes.

Et tandis qu'ils mangent, Aminata et Justin lui résument les évènements récents. Elena finit par demander s'il y a une balle au goût de tiramisu et, à la surprise générale, en obtient une. Après avoir remercié et dégusté la chose, elle déclare que le goût est parfait mais qu'il manque le plaisir des yeux et du nez, voire du toucher pour qui voudrait se régaler du bout d'un doigt…

C'est à ce moment-là qu'Aïnari entre dans la cabine, lève le bras gauche et fait un signe simple de la main que les terriens ressentent comme amical. Elena lui répond par le geste de salut des adolescents et des surfeurs, le shaka : l'auriculaire et le pouce écartés, les autres doigts pliés et la paume tournée vers soi. Persuadée que l'HN°KL saura en trouver la signification dans sa banque de données.

Aïnari échange un regard prolongé avec Naawabza, probablement un dialogue télépathique, puis il leur dit :

– Nous venons de neutraliser une terrienne qui tentait un sabotage au niveau des générateurs de gravité.

Ils se regardent tous, consternés, sans savoir que dire.

– Et vous, Matt, dit encore Aïnari, vous venez d'avoir une altercation avec un terrien nommé Diprien…

Surpris, l'australien affiche un air contrarié et semble sur le point de protester contre cette intrusion dans son espace mental, mais il se ravise et résume en quelques mots sa rencontre.

Après quoi, désireux d'en avoir le cœur net, il pose clairement la question :

– Pourquoi y-a-t-il des dizaines de personnes endormies ? Quand je suis revenu de l'aire vivante, j'en ai vu dans toutes les cabines voisines !

– Elles viennent d'arriver après un voyage de huit heures depuis la Terre.

– Et pourquoi les avez-vous amenées ici ? Pour les sauver aussi des Squamates ?

– Cet homme que vous avez neutralisé et cette jeune femme ont été envoyés par les Squamates pour tenter de détruire notre vaisseau.

Matt note que l'HN°KL a évité de répondre à sa question. Alors qu'il s'apprête à insister, Tim s'exclame :

– Putride ! Et qu'en avez-vous fait ?

– Nous les avons remis en sommeil.

Aïnari continue :

– Ces êtres humains ont été programmés sur la Lune pendant les dernières vingt quatre heures. Ils sont donc téléguidés par les Squamates et c'est sans conscience réelle qu'ils agissent contre nous.

– Est-ce qu'ils sont porteurs de cette saleté de virus ?

– Non.

– Les Squamates vous croient immunisés ?

– Ils ont deviné que nous pouvons décontaminer tout ce qui entre dans notre vaisseau.

– Mais comment ces « téléguidés » sont-ils arrivés jusqu'ici ?

– Les Squamates ont suivi plusieurs Megans… et ils ont fait en sorte que ces humains téléguidés fassent partie des milliers de terriens embarqués.

– Des quoi ? demande Elena.

– Des Megans : des navettes grandes comme des paquebots !
précise Léo.

– Et vous n'avez pas… scannés tous ces nouveaux arrivants ?

– Jusqu'à maintenant, non. Seulement décontaminés…

– Et depuis, vous avez repéré d'autres… téléguidés ?

– Oui. Et une armada d'IAO surveille désormais ceux qui se
réveillent.

– Vous allez lancer une offensive en réplique à cette attaque ?

– Non. Car entre-temps, la négociation est réussie.

– Déjà ?

– Il s'est écoulé trente heures depuis notre premier contact avec
eux, quasiment dès notre arrivée…

Les sept terriens réalisent qu'ils ont une impression de temps
manquant. Ils n'ont pas vraiment la sensation d'avoir dormi huit
heures, même s'ils se sentent en pleine forme.

– Et comment avez-vous réussi ce deal ? reprend Tim. Si c'est pas
indiscret ?

– Nous leur offrons de formater une planète proche de la leur,
dans la constellation du Serpent. Et aussi la technologie des
flashgones.

– Eh bé ! Vous n'êtes pas rancuniers…

– L'essentiel est d'éviter une guerre et d'épargner la Terre…

Tandis que le groupe se sent soulagé, Matt songe que l'HN°KL n'a
toujours pas répondu à sa question au sujet des autres humains
endormis.

– Par ailleurs, nous allons laisser des IAO sentinelles sur Terre,
basées dans la région des Chang Tang en Himalaya, et aussi en
Antarctique et dans le désert de Victoria.

– En Australie Occidentale ?

– C'est cela.

– Quant aux humains retenus sur la Lune, ils seront libérés et
guéris à leur arrivée ici. Une navette IAO est déjà partie pour les
ramener.

Les uns et les autres sont à la fois déroutés par cette succession
d'évènements, bluffés par la puissance et l'habileté de ces HN°KL
et enfin rassurés de savoir que l'humanité n'est plus en danger.

Justin observe ses amis pour vérifier qu'ils ont fini de manger puis
propose comme s'il s'agissait d'aller faire un petit tour dans la
campagne environnante :

– Et si l'on retournait dans l'aire vivante ? Ce serait sympa d'aller
prendre l'air et de faire découvrir cet espace à Elena !

Tous les regards de ses amis se tournent vers Aïnari.

– Nous sommes d'accord. D'autant que nous avons d'autres
informations à vous transmettre.

Naawabza fait alors un geste des deux mains qui attire leur
attention, une sorte de moulinet des poignets, puis leur dit :

– C'est donc ici, c'est donc maintenant que nous vous laissons,
amis terriens. Car d'autres tâches nous attendent ailleurs. Que
l'essaim vous accompagne !

La minute suivante l'HN°KL grimpe sur un quadri-disque et
disparaît. Après quoi un octo-disque vient chercher les terriens.
Bien évidemment, malgré la formule spontanée de Justin « aller
prendre l'air », ils repassent tous par le sas où ils s'équipent de
nouveau d'un scaphandre partiel tandis qu'Aïnari se libère du sien.
Cette fois-ci, après être sorti du pilier, l'octo-disque s'en éloigne de
plusieurs kilomètres et se pose à proximité d'une petite forêt. Une
légère brise agite doucement les arbres dont le feuillage évoque
l'automne.

Elena observe cet étonnant paysage sans dire un mot, subjuguée par
la variété des couleurs intenses sous ce ciel indigo. Lorsqu'elle
pose un pied sur le sol, elle leur dit :

– C'est fascinant ces vastes étendues sans constructions, sans clôtures et même sans haies… ça me fait penser à certains endroits de Mongolie ou d'Afrique… ou d'Australie…

– Et c'est encore plus dément quand on se souvient que c'est l'un des niveaux d'un vaisseau spatial ! ajoute Justin.

Aïnari s'accroupit sur l'herbe drue et légèrement bleue, en pliant ses « genoux » en mode inversé. Les sept terriens s'asseyent en tailleur. Des mugissements doux leur parviennent en provenance de la forêt proche.

– Lorsque nous vous avons extraits de la navette, nous vous avons sondés en même temps que les autres humains raptés…

– Dans quel but ? coupe Matt d'un ton acerbe.

– Simplement pour évaluer votre état de santé global. Et, le cas échéant, vous guérir.

– Ah !…

– Matt, nous pouvons vous dire que vous êtes maintenant guéri totalement de l'asthme.

– Ho ! Certif ?!

– Définitivement.

Touché, Matt prend une profonde inspiration bouche ouverte puis lâche une grande goulée d'air. Et après avoir levé la tête pour regarder le ciel comme si un oiseau de mauvaise augure s'y était envolé, il lâche :

– Eh bien merci… merci infiniment.

– Super ! s'exclame Justin.

– Ouais, jovial ! ajoute Léo.

Aminata et Sara entre lesquelles l'australien est assis posent une main sur son avant-bras. Mais même si elle est heureuse pour lui, Aminata se surprend à envier la guérison de Matt. Tim sourit sans commenter mais se dit que ce mec est **bath** en fin de compte.

Après quoi Aïnari se tourne vers Sara :

– Et vous, Sara, nous avons constaté que vous êtes enceinte depuis six semaines et que tout va bien.

Une salve de cris de surprise suit cette révélation immédiatement remplacée par des clameurs de joie et même des applaudissements. Bien sûr Sara le sait car elle n'avait plus aucun flux depuis six semaines. Elle a maintenant les seins sensibles et des nausées. Elle a fini par faire un test de grossesse la veille de leur arrivée au Saving Man. C'est une fécondation non voulue et elle a d'abord pensé à une malchance, un défaut de son stérilet. Pilules et préservatifs sont devenus très chers. Ensuite elle y a vu une chance due à son désir intense d'avoir un bébé.

Elle avait prévu de l'annoncer à Tim lors de leur première nuit dans le désert puis elle avait envisagé de le dire à Aminata lorsqu'elles étaient seules toutes les deux. Mais les évènements l'en avaient empêché.

Tim n'a pas applaudi, le seul avec Aïnari, mais il joint les mains à hauteur de sa bouche. Ensuite il demande inutilement :

– C'est vrai ?

Sara hoche la tête. Tim la prend dans ses bras et la soulève doucement, les yeux mouillés de larmes.

– C'est merveilleux… tu le sais depuis quand ?

– Avec certitude… depuis hier.

Ils restent dans les bras l'un de l'autre pendant une bonne minute, secoués de petits rires. Et Sara est encore blottie dans leur joie commune quand elle se sent partagée entre un agacement et un embarras. Bien évidemment, elle avait attendu un moment favorable pour faire cette confidence à son homme et là maintenant, elle se sent spoliée. Elle hésite cependant à invectiver l'HN°KL. Enfin elle se lâche, rassurée en se souvenant que ces êtres semblent rarement s'émouvoir comme les humains :

– Fais chier ! Vous qui captez les pensées, vous n'avez pas deviné que c'était à moi de le dire à mon mec ?!

Mais Tim attire vers lui Sara qui s'était légèrement écartée et passe un bras au creux des reins de son amour en métamorphose. Ils échangent un regard de désir intense et chacun devine ce que l'autre souhaite. Alors ils se donnent un baiser léger mais prolongé. Leurs amis applaudissent de nouveau. Justin a un cri d'enthousiasme :

– Champagne pour tout le monde !

– M'étonnerais qu'ils en aient ici ! affirme Léo d'un ton déçu.

– Z'ont peut-être une balle nutritive équivalente…

Impossible de dire si Aïnari qui est resté muet ouvre de grands yeux mais tous voient clairement qu'il lève la tête et regarde le ciel. Tous sauf Sara et Tim encore absents dans leur bulle érotique.

– Aïnari, il y a un problème ? demande Aminata.

L' HN°KL se tourne vers elle, impassible, indéchiffrable.

– La colère de Sara vous a-t-elle choqué ?

– Non. Elle nous a seulement surpris… nous sommes désolé mais nous n'avions pas cette donnée à la conscience.

– Quelle donnée ?

– Que selon vos coutumes, semble-t-il, c'est la femme enceinte qui peut choisir d'annoncer qu'elle l'est.

Sara intervient :

– Pardon Aïnari pour ma réaction excessive… mais en réalité il n'y a pas d'offense.

– Nous en sommes heureux… mais il y a une donnée que vous n'avez pas, vous les êtres humains.

– Ah oui ? Laquelle ?

– Nous les HN°KL, nous copulons de bouche à bouche.

Tous les terriens se demandent s'ils ont bien compris. Cette fois Aïnari sonde leurs pensées et précise donc :

– C'est un peu comme si nous venions d'assister à la copulation de vos deux amis. Et même si nous savons que chez les êtres humains cet acte est moins intime, nous ne pouvons nous empêcher d'être légèrement mal à l'aise…

– Vous faites l'amour par un simple baiser ? insiste Aminata.

– Oui. Et la procréation également. Le mâle dépose sa semence dans la bouche de la femelle, à l'issue d'un acte qui peut durer plus ou moins longtemps. Selon le désir des partenaires.

– Ah !… donc la femelle avale le sperme du mâle ?…

– Oui. Un canal spécifique s'ouvre tandis que les deux autres, les équivalents de votre œsophage et de votre trachée, se ferment.

– Eh bé… c'est caliente chez les HN°KL, plaisante Tim.

– Selon ce que nous savons, certaines femmes de votre espèce sucent certains hommes et avalent leur semence. Mais sans fécondation en conséquence évidemment… ajoute Aïnari avec une voix féminine à l'intonation neutre.

La traductrice a énoncé cette phrase d'une voix qui semble issue d'une publicité pour un parfum et les terriens échangent des regards amusés.

– Finalement, c'est peut-être mieux que ce ne soit pas comme ça pour nous… murmure Tim.

– Pourquoi ? demande Sara.

– On se verrait peut-être privés de certains petits plaisirs !

– C'est bien les hommes, ça ! s'exclame-t-elle en lui donnant une légère bourrade du poing dans une épaule.

Sur un ton d'ethnologue cette fois, Aïnari poursuit son explication :

– Chez les HN°KL, les femelles n'ont pas de vagin et les mâles n'ont pas de pénis.

– Ah… alors, comment ça se passe ensuite ? Je veux dire la gestation, demande Sara.

– Nous changeons tous de sexe au cours de notre vie. Nous naissons tous mâles puis nous devenons tous femelles, vers l'âge de trois cent trente ans… un peu comme les poissons clowns et les mérous, sur votre planète.

– C'est merveilleux ! Vous pouvez donc toutes devenir mères !

– Oui. Et nous sommes des mammifères ovipares.

– Comment ça ? Vous pondez des œufs ? s'étonne Aminata.

– Oui.

– Mais vous avez dit mammifère et…

Matt coupe Sara et lance :

– **Platipousse** !

16

Tous le regardent avec étonnement. Et Léo réplique en brésilien :
– **Vocé está chapado** ?!
Aïnari émet un seul son que l'IAO traduit aussitôt en français puis en italien, en espagnol et en brésilien :
– Ornithorynque.
Matt précise, toujours en anglais :
– Ils sont comme les ornithorynques.
– Ah… OK.
– Mais sans bec de canard.
– Moi, ça m'aurait pas choqué, de toute façon !
Aïnari reprend :
– Mais chez les HN°KL, après vingt huit jours dans le corps de la femelle, l'œuf est placé dans une couveuse. Une pratique qui n'existe que depuis un millénaire. Ensuite, après l'éclosion, le petit est nourri du lait maternel qui n'est pas nécessairement celui de la mère… c'est un lait qui a été préalablement recueilli.
– Vous lui donnez donc l'équivalent de nos biberons…
– Oui… et plus tard nos enfants sont éduqués collectivement dans de vastes pouponnières… par des mâles et des femelles doués pour cette fonction. Pour utiliser une analogie avec votre informatique, nous mémorisons essentiellement des logiciels. Car les données, nous y avons accès à la demande via le réseau télépathique de l'essaim. Nous vivons dans une sorte de Web mental…

– Ça, j'aurais bien aimé que ce soit possible… glisse Justin.

– Nous changeons évidemment de partenaire sexuel plusieurs fois au cours de notre vie. Car nous vivons longtemps, je vous le rappelle. Et aussi car nous sommes un essaim.

– Hmm… les terriens le font aussi, murmure Matt.

– Même si on ne vit pas mille ans… ajoute Léo, en éclatant de son rire homérique.

Tous en font de même, touchés par une contagion heureuse.

Après quoi leur attention est attirée par des mouvements à l'orée de la forêt proche. Ils découvrent alors des grands animaux qui sortent du couvert des arbres, visiblement sans crainte. Pour autant, ils restent distants et continuent de grappiller les feuilles des plus hautes branches. Ils font penser à des girafes mais avec des têtes de dromadaires et un pelage ocellé de léopard. Les humains les observent en silence pendant une bonne minute puis Aïnari se tourne vers la jeune française :

– Aminata, si vous restez avec nous pendant au moins une année, vous serez guérie à cent pour cent de votre cancer.

– Quoi ?! t'as un cancer ?

– Et tu nous as rien dit ?

– C'est quoi comme cancer ?

– Un cancer du sein.

– Et tu le sais depuis quand ?

– Tu le savais à Noël ?

– Non. Depuis un mois. Mais relaxe les amis !… puisque de toute façon je vais guérir.

Aminata scrute Aïnari :

– J'ai bien compris ?

– Oui. Si vous allez vivre sur l'autre Terre.

– Comment ça ?

– Quelle autre Terre ? demande Matt.

Aïnari scrute les sept terriens pendant plusieurs secondes. Ils sont certains que ce n'est pas pour ménager un suspens et supposent donc que c'est pour évaluer si le moment est bien choisi pour une révélation.

– Nous vous avons amenés sur notre vaisseau vaste pour vous inviter à aller vivre sur une autre planète, dit enfin l'HN°KL.

– Quoi ?!

– Toutes celles et tous ceux que Matt a vus ?

– Oui. Et des millions d'autres…

À leur tour, pendant plusieurs secondes, ils échangent des regards étonnés. Sara pose doucement une main sur son ventre qui ne révèle pas encore son état. Elena caresse l'arête de son nez, selon son habitude. Tim secoue la tête comme s'il sortait de l'eau :

– Une autre planète ? Vous parlez de la vôtre ?

– Vous comptez nous bidouiller pour qu'on puisse y respirer ? demande Matt.

– Non. Évidemment non. C'est une autre Terre. Une planète tellurique que nous avons terraformée pendant les vingt dernières années.

– Certif ?!

– C'est quasiment une sœur jumelle de la Terre… sa gravité est très similaire. Sa rotation se fait en vingt six heures et elle orbite autour de son soleil en trois cent soixante dix neuf jours. Elle a deux lunes, plus petites que celle de votre Terre.

Aïnari laisse une demi-minute aux terriens pour assimiler ces informations puis continue :

– Elle est très similaire pour ce qui est du minéral, du végétal et de l'animal… mais évidemment très différente pour ce qui est des villes.

– Elles sont comme les vôtres ? demande à son tour Sara.

– Oui, nos villes sont toutes d'une même taille, équivalente à votre Manhattan… quant à la planète, elle est très proche de la nôtre…

– Proche comment ?

– La nôtre est à quatre années-lumière de cette nouvelle Terre et nous l'avons également formatée en plusieurs années. Mais la nôtre orbite autour d'une naine rouge…

– Comme Proxima du Centaure ?

– Oui.

– Il y a déjà une exoplanète proche de Proxima, non ?

– Effectivement, une planète tourne autour en onze jours mais elle est bombardée de rayons X : elle est donc inhabitable pour vous… et même si cette étoile est la plus proche de la Terre, vous ne pourriez pas vous y rendre.

Sara échange un regard avec Tim : tous les deux pensent que quatre années-lumière ou quatre mille ne feront pas de différence pour les terriens qui iront y vivre. Léo hoche la tête et dit :

– Et donc, cette planète que vous nous avez si généreusement préparée, elle est où ?

– Vue de la Terre, elle se trouve dans ce que vous avez nommé la Constellation du Cygne.

– Tudo bem, ça nous indique une direction… mais pas la distance, remarque Léo.

– Oui. Mais je parie qu'aucun de nous ne saurait localiser cette constellation ! rétorque Tim après un signe d'assentiment vers son ami.

– Elle est à cinq mille trois cents années-lumière, précise Aïnari.

Le mugissement d'un grand animal se fait entendre. Ils sursautent tous plus ou moins, sauf l'HN°KL. La distance n'est qu'un nombre peu signifiant mais la présence de ces animaux différents leur fait réaliser qu'ils vont aller vraiment ailleurs, même si là-bas il y aura des girafes et des dromadaires de la Terre.

– Vous l'avez terraformée en prélevant des spécimens de toutes les espèces ?

– Oui. Mais en ce qui concerne les végétaux, vous nous avez facilité la tâche : nous avons fait quelques prélèvements dans votre réserve mondiale de semences du Svalbard.

– Ah c'est vous !… j'ai entendu parler de vols de semences inexpliqués !

– Oui. Après notre première intrusion, nous y avons installé un flashgone caché pour nous faciliter les visites… et nous avons ensuite effacé les traces de nos passages…

– Alors, vous avez modifié une planète pour quelques terriens ?! demande Matt d'un air suspicieux.

– Oui, quel est votre intérêt ? ajoute Léo, en phase avec l'australien pour une fois.

Aïnari laisse une minute s'écouler avant de répondre.

– Nous pouvons vous dire que les molécules d'ADN des cellules vivantes sur votre planète peuvent nous aider à régénérer notre génome…

– Mais pour collecter quelques échantillons de la vie sur Terre, vous n'aviez aucun besoin de créer une autre planète, pas vrai ?

– Aucun. Cependant votre planète est une rareté dans la galaxie… et lorsque nous vous avons donné le réseau des flashgones, nous avons envisagé deux futurs également possibles, après analyse des données alors disponibles : soit l'humanité allait se réunifier plus rapidement, soit un effondrement global, déjà commencé depuis des décennies, allait s'amplifier…

– Et il va s'amplifier ?

– Oui. Dans chaque domaine : minéral, végétal et animal. Vous le savez, le changement climatique a déjà commencé mais il va s'accélérer. Suite à une libération massive du méthane qui était emmagasiné depuis des siècles dans le permafrost arctique.

– Permafrost ? demande Sara.

– En français on dit pergélisol… une partie du sol qui restait gelée en permanence, précise Tim.

– Oui… pourtant, deux scientifiques russes, Sergueï Zimov et son fils Nikita, vous ont alertés pendant des décennies. Ils vous ont proposé une solution simple nommée **Le parc du Pléistocène**. Malheureusement, tous les pays ne l'ont pas développée…

– Ah… je l'ignorais… dit Tim. Mais je sais qu'un autre russe, Dmitry Orlov avait déjà envisagé dès 2013, **les cinq stades de l'effondrement**. Et bien évidemment, il est loin d'être le seul à l'avoir fait !

– Effectivement, ajoute Matt, dès 1972 trois scientifiques, dont Dennis Meadows, ont écrit un rapport sur les limites de la croissance… confirmé en 2014 par Graham Turner, un chercheur australien.

Les cinq terriens restent silencieux pendant une minute qui semble chargée de toute la perplexité du monde. Une perplexité restée jusqu'à ce jour endormie devant l'inconscience de leurs ancêtres. Aïnari les ramène au présent :

– Et vous avez pris des mesures indispensables pour sauver vos abeilles mais, hélas, insuffisantes. L'effondrement des colonies va s'amplifier et la disparition de ces insectes va entraîner une catastrophe dans le règne végétal.

– Oui, malheureusement… et vu qu'elles sont les pollinisatrices de quatre vingt pour cent des fruits, des légumes et des graines que nous consommons, leur disparition va avoir de graves conséquences ! ajoute Aminata.

– Ça me file déjà le bourdon, dit Tim en français.

Comme il s'y attendait, aucun de ses potes ne rit. Et seule Sara lui grimace un sourire. Aminata qui semblait partie depuis quelques secondes dans de sombres réflexions, se tourne vers son amie espagnole :

– Et pour celles et ceux qui vivent en Europe de l'ouest, un autre changement climatique va advenir suite à l'arrêt du Gulf Stream.

– Les fortes diminutions des températures seront compensées par le réchauffement climatique global, non ?

– Oui, peut-être… mais avec le réclim, les disparitions de la biodiversité vont s'amplifier. Le risque que les récifs coralliens disparaissent est de plus en plus grand.

– Hmm… et la région arctique sera totalement sans banquise tous les dix ans…

Un mugissement plus fort que les précédents leur parvient. Ils observent de nouveau les girafes à tête de dromadaire. Cette fois ils ont tous un sourire en constatant que deux animaux se lancent dans un accouplement.

– La femelle pourrait-elle avoir un petit, ici ? demande Sara.

– Oui. Mais la durée de la gestation est de treize mois… nous serons revenus et ces animaux seront donc ramenés sur notre planète.

– On pourra la visiter ?

Aïnari semble étonné par la question. Étonnement qui surprend aussi les terriens.

– Vous oui…

– Que nous ?

– Actuellement, oui.

– Ah… euh, merci.

Une légère gêne gagne le groupe touché par ce privilège dont il ne comprend pas la cause. Alors que Matt ouvre la bouche pour en savoir plus, Aïnari ajoute :

– En définitive, le réseau des flashgones que nous vous avons offert il y a vingt ans, avec l'espoir d'unifier l'humanité, est devenu un moyen de voyager dangereux réservé à quelques privilégiés. Et il va y avoir des perturbations dans des dizaines de pays.

Aucun des sept amis ne songe à contredire Aïnari : ils se sont souvent sentis chanceux de pouvoir transiter ici et là malgré les risques.

– Vos divisions au sein de l'humanité sont si nombreuses ! Sur votre planète, ici ou là, vous êtes en guerre depuis cinq mille ans… les Sumériens, la première civilisation de votre histoire, avaient déjà constitué une armée.

– Ouais… on fait peut-être plus la guerre que l'amour, c'est vrai…

– Et plus récemment, il y a une centaine d'années, des êtres humains ont atomisé deux villes où vivaient plusieurs milliers de leurs semblables.

Les terriens comprennent que l'HN°KL fait référence à Hiroshima et Nagasaki. Ils restent un moment silencieux. Puis Tim s'exclame :

– Ötzi !…

– God bless you ! coupe Léo gaiement.

– Il a été tué par une flèche !

– Qui ça ?

– C'est le nom que l'on a donné à un homme congelé, retrouvé dans les Alpes en Italie, touy proche de l'Autriche.

– Et alors ?

– Et alors, il y a cinq mille trois cents ans, un meurtre a déjà été commis…

– Hmm… dit Matt en hochant la tête. Mais on a aussi trouvé des haches au nord de l'Australie datées de soixante cinq mille ans… elles ont peut-être été utilisées comme des armes.

– Probablement… serait-ce pour cela que vous ne souhaitez pas qu'un grand nombre d'êtres humains visite votre planète ?

Aïnari penche la tête deux fois vers son épaule gauche puis vers son épaule droite avant de regarder le ciel pendant quelques secondes.

Enfin il répond :

– Sur votre planète l'évolution est basée sur des écosystèmes prédateurs versus proies, constamment rééquilibrés. Alors, même si l'Homo Sapiens évolue depuis plusieurs milliers d'années, il reste programmé comme un prédateur…

– Et ce n'est pas votre cas ?

– Non. Car nous vivons via la photosynthèse. Donc sans besoin de tuer pour vivre… et il nous est difficile de nous mettre au diapason d'êtres qui se sont développés dans un écosystème prédateurs et proies.

– Et vous avez changé cet aspect de l'écosystème sur la Terre du Cygne ?

– Non. C'est beaucoup trop complexe.

– Hmm… vous, on dirait que vous passez l'essentiel de votre temps à jouer ou à faire l'amour…

– Les IAO nous permettent de disposer de beaucoup de temps…

Le groupe reste rêveur un moment jusqu'à ce que des oiseaux les survolent avec des cris de buses.

– Alors ça va être la fin du monde ? murmure Tim.

– Peut-être la fin de l'être humain mais pas celle de la Terre, affirme Aïnari. Si nous proportionnons l'âge de la Terre à une année, le premier homo sapiens n'est apparu que depuis vingt sept minutes…

– Ouais… on n'a pas traîné pour mettre le feu à la baraque…

– Ce sera la sixième extinction de masse, dit Sara.

– Après les dinosaures… sauf qu'ils ont été victimes d'un petit astéroïde de dix kilomètres de diamètre. Alors que là, c'est l'être humain qui aura causé sa disparition.

Aïnari lève la main avec un doigt tendu, un long doigt filiforme. Un geste que les terriens ne sont pas sûrs d'interpréter correctement : a-t-il le même sens que sur Terre ?

– Celles et ceux qui partiront vont sauver l'humanité… dit-il.

– Alors vous allez inviter combien de terriens ? demande Matt.

– Un pour cent de tous les humains sur Terre. Donc environ quatre vingt dix millions…

– Qui vont tous vivre au niveau « paquebot » ?

– Seulement quelques heures.

Effarée, déjà presque en colère, Aminata proteste :

– Et les autres alors ?!

Aïnari la scrute de ses grands yeux noirs insondables. Il ne répond pas, Aminata n'insiste pas et ses amis en viennent à supposer qu'il s'est exprimé par télépathie… Tim rompt ce silence bref mais étrange :

– Selon quels critères allez-vous nous choisir ?

– Nous ne voulons pas vous sélectionner… cela se fera selon le bouche à oreille.

– Comment ça ?

– Chacun de vous va transmettre l'invitation à sa famille et à ses amis…

– Ça va prendre du temps !

– Nous allons informer tous les relais sur votre planète et nous espérons que notre offre se répandra en mode exponentiel… car tous les terriens que nous avons contactés il y a vingt ans, sauf vous puisque vous êtes venus ici, vont recevoir un message mental… et ils sauront où se rendre pour rejoindre l'une des Térans ou des Gigans que nous allons envoyer sur Terre, chaque jour pendant quatre mois.

– Et les autres qui souhaitent venir vont rester en rade ?…

– Oui, intervient Matt. Pourquoi un pour cent seulement ? Votre vaisseau vaste peut en accueillir dix fois plus !

– Si la Terre du Cygne est trop peuplée, tout recommencera vite comme actuellement…

– Ah…

– Pourquoi ne pas reformater la Terre ?

– Oui. Et empêcher les calamités dont vous venez de parler ?

– Nous ne pouvons pas formater une planète sur laquelle vivent déjà neuf milliards d'êtres humains. Et des millions d'autres formes de vie…

La déception et la tristesse les gagnent tous. Avec un geste circulaire, comme si elle voulait faucher ou effacer des mauvaises herbes, Sara caresse de la paume l'herbe rase. Tim étend le bras et vient couvrir sa main.

– Et nous refusons d'intervenir directement sur votre planète car nos directives seraient évidemment perçues comme des intrusions et engendreraient des résistances et des guerres.

– Ça c'est certain… affirme Matt.

– Mais qui vous dit que ça ne va pas recommencer sur la Terre du Cygne ? murmure Aminata avec un regard vague.

– Il y aura des tuteurs HN°KL…

– Ah, nous y voilà ! lance Matt, de nouveau suspicieux.

– Ils agiront dans l'intérêt de la Terre du Cygne.

– Écoute, dit Tim, de toute façon, actuellement sur la Terre, on est déjà soumis à des multitudes de contrôles émanant de diverses autorités… qui vont jusqu'à la dictature dans plusieurs pays… et aussi à l'influence des multinationales…

– Hmm… reste plus qu'à faire confiance à ces… tuteurs.

– S'il y a des mécontents ou des déçus, ils seront ramenés sur la Terre, s'ils le souhaitent.

Aucun des sept amis n'ose demander ce qui arriverait à ceux qui ne le veulent pas.

D'un coup d'œil circulaire Justin examine les environs et peut-être pense-t-il aux champs de céréales du Dakota car il objecte :

– OK, vous avez terraformé cette planète mais comment allons-nous y vivre ?

– Nous avons aussi créé des villes du même type que les nôtres…
mais vous pourrez résider dans un Mobile Home Volant, où vous
le souhaitez.

– Hey ! J'aimerais bien vivre dans un MHV, ici et là…

– Moi aussi, mais au bord d'un océan ! s'enthousiasme Léo.

Ensuite il se souvient soudain de Luisa. Il se demande si sa grand-
mère acceptera de le suivre et si elle réussira à s'adapter à une
nouvelle vie qui sera certainement différente. Il se rassure aussitôt :
si elle peut cultiver un potager, elle sera heureuse aussi de se sentir
plus en sécurité.

Sara et Tim échangent un regard prolongé. Sara se réjouit à l'idée
d'être avec leurs amis mais surtout à la perspective de pouvoir
vivre en couple avec leur enfant, plus intimes qu'au Witz. Tim, lui,
ressent immédiatement le déchirement que ce sera d'abandonner sa
communauté. Il la léguerait, avec plus ou moins de réticence, à un
membre actuel mais il est déjà persuadé que tous voudront eux
aussi aller vivre sur la Terre du Cygne. Aminata savoure une joie
paisible depuis qu'elle est certaine de vivre avec Alaya et ses
proches dans un monde meilleur.

Matt sait que le plus important pour lui est de pouvoir continuer à
peindre et, comme Léo, de résider au bord d'un océan. Il se
surprend en constatant que dans ce monde nouveau il aimerait vivre
avec Aminata et sa fille. Tout en pensant cela, ses yeux s'attardent
sur le corps d'Elena, oubliant la présence des autres. Peut-être se
croit-il, pendant une seconde, sur une plage de Perth. Mais c'est un
regard sans excitation. Il apprécie la beauté d'Elena comme il
admire celle des oiseaux multicolores qui viennent de passer.

La jeune vénitienne a croisé ses jolies jambes au niveau des
chevilles et s'appuie sur les coudes, dans une attitude balnéaire
mais sage. Elle est évidemment toujours en bikini mais elle est très
à l'aise.

Elle lance un coup d'œil à l'australien puis fait un geste précis : les doigts en pince au niveau de la tempe qu'elle ouvre ensuite et lance vers le ciel. Une façon de dire « oublie-moi » en langue des signes… Mais Matt ne comprend pas et Elena éclate d'un rire léger devant son air étonné.

N'écoutant que son cœur, Justin demande :
  – J'aimerais beaucoup emmener Mister Ed… est-ce que ce serait possible ?
Surpris par la question, tous les potes de Justin regardent Aïnari qui incline sa tête deux fois mais ne répond pas.
  – Oui, bonne idée ! renchérit Tim. Moi, j'aimerais bien que Jolie Jeumperpa puisse venir !
  – Et si c'est possible, ajoute Sara dans un même élan, ce serait le kif de pouvoir emmener Callux et Postor… et aussi Albali…
  – Nos deux chats et le chien du Witz, précise Tim.
Elena, légèrement sarcastique, ajoute :
  – On dirait que l'on peut faire sa liste de Noël… est-ce que vous pourriez créer une jumelle parfaite de la Sérénissime ?

Les six autres la regardent, tous plus ébahis les uns que les autres, sans réussir à déterminer si elle plaisante ou pas. Profitant du silence qui se fait, Aïnari répond enfin :
  – Pour vous seulement, il sera possible d'emmener ces deux chevaux ainsi que chats et chien. Mais pour les autres invités, un seul animal de compagnie sera autorisé.
Aïnari reçoit aussitôt quatre remerciements en chœur. Aminata a elle aussi une douce minette.
  – Au sujet de Venise, Elena nous avons capté que vous allez regretter vraiment votre cité… mais ce serait comme le tiramisu que vous venez de manger ici : imparfait.
  – Je m'attendais pas à ce que ça **passe muraille**…

Elena offre à l'HN°KL un sourire de gratitude pour avoir bien voulu répondre. Mais c'est un sourire un peu triste.

– Tiens mais j'y pense, aurons-nous droit à des bagages ? intervient Justin, dans un but pragmatique mais aussi pour distraire Elena de sa mélancolie passagère.

– Nous appliquerons la règle de vos compagnies aériennes : vingt trois kilos maximum.

Les sept amis n'ont jamais pris un avion de leur vie. Ils ont toujours transité d'un pays à l'autre via les flashgones et, sauf en cas de troc, ils n'ont jamais emporté autant de poids. Décontenancés par une mesure si terrienne, ils réalisent à quel point ce changement de vie va être radical.

– Djee ! Les amis, on va presque tout abandonner !

Après avoir dit cela, et comme s'il devait déjà commencer à se délester, Justin ôte son chapeau de carnaval et le pose doucement sur la tête de Léo qui écarquille les yeux. Les autres sourient. Même Matt qui demande :

– Et maintenant, quel est le programme ?

– Une navette va vous ramener et vous serez endormis sauf si vous vous y opposez…

– Oh ! Je pense qu'on est tous d'accord pour une sleeping capsule ! clame Justin en guettant l'approbation du groupe.

Et tous ses amis hochent la tête : car huit heures sans escale, sans divertissements et sans rien à grignoter, même s'ils sont tentés d'admirer de leurs propres yeux Neptune, Uranus, Saturne, Jupiter et enfin Mars, ne les enchantent pas. Contrairement aux astronautes d'Apollo 11 dont l'aller-retour a duré huit jours, ils n'auront rien à faire.

– Ensuite vous aurez quatre mois pour informer vos parents et vos amis. Mais le plus tôt sera le mieux. Après quoi vous pourrez rejoindre une navette dans un lieu aussi isolé que possible évidemment.

– Nous pourrions nous retrouver au Witz et ensuite à Fargo…
pour embarquer les chevaux, propose Tim.
– Oui. Vous serez peu nombreux, ce sera rapide.
– Et le voyage jusqu'à la Terre du Cygne ?
– Sera plus bref que les trajets en navettes car nous sortirons de
l'espace symétrique à proximité de la planète.
– Pourquoi n'en faites-vous pas de même avec les gélules ?
– Le translateur, la machine qui permet le passage d'un univers à
l'autre, occupe un grand espace. C'est un anneau tubulaire d'un
diamètre de 321 kilomètres…
– Wow ! En comparaison, le LHC du CERN de Genève, c'est une
boucle d'oreille !
Aucun des amis de Tim ne cherche à se faire préciser de quoi il
parle. Alors, en finissant sa phrase en français, il ajoute :
– Hoops !… c'est donc ce vaisseau vaste qui va nous faire entrer
dans l'ère du Cerceau !…

Seules Sara, Aminata et Elena pigent son allusion tandis que Justin,
Matt et Léo renoncent à comprendre ce qu'il a voulu dire. Ils se
disent que son « hoops » fait encore référence à l'anneau du
translateur.
– J'ai une petite faveur à vous demander. Une chose beaucoup
plus facile que de recréer une jumelle de Venise, ajoute Tim en
faisant un clin d'œil appuyé et cordial à Elena.
– Oui ?
– J'aimerais que nous soyons réveillés avant l'atterrissage pour
faire un tour de la Terre en orbite basse…
– Nous pouvons aisément le demander à l'IAO de la navette. Mais
ce sera plus rapide que vos satellites : deux orbites différentes en
trente minutes…
– Merveilleux !
– Yobi, ton idée !

– Maintenant, si vous n'avez pas d'autres questions, l'octo-disque va vous emmener jusqu'à un hall de transbordement. Vous pourrez enlever vos scaphandres partiels lorsque vous serez dans la navette. Et les y laisser.

– D'accord. Merci beaucoup Aïnari…

Un chapelet de remerciements mêlés suit celui de Tim.

– Bon retour et que l'essaim vous soit bénéfique.

– À vous aussi, ajoute Matt animé d'un élan de gratitude.

Ils se lèvent tous et Léo en profite pour ébouriffer amicalement les cheveux de Justin. Elena félicite Tim d'un geste pour son idée de tour du monde dans l'espace. Sara prend la main de son homme et s'assied à côté de lui sur l'octo-disque. Quand ils sont tous installés l'engin prend de l'altitude et rejoint le pilier le plus proche.

Sans ajouter un mot, Aïnari les quitte lorsqu'ils sont dans le sas.

Quelques minutes plus tard ils émergent dans un grand hall de transbordement où stationnent des dizaines de « gélules » ainsi que des navettes de cent quatre vingt mètres de long. De l'une de ces Megans, des êtres humains débarquent déjà réveillés mais avec un air halluciné.

17

Au moment où ils se réveillent, tous à la même seconde, à environ quatre cents kilomètres de la Terre, ils la découvrent plongée dans la nuit au travers d'un très grand hublot, un cercle dans la paroi devenue transparente. Sans s'étonner, ils croisent l'ISS, inutilisée depuis plusieurs années mais maintenue en état.

Ils sont allongés sur des sièges antigravité prolongés d'une assise pour les jambes et le haut du corps, maintenus par des ceintures invisibles. Tim s'apprête à interpeller l'IAO mais au même instant ils se sentent libérés tandis que leurs sièges se redressent.

Il cligne des deux yeux à l'adresse de Sara qui lui rend son regard tendre. Elle, ses yeux lui disent sa joie d'avoir vécu ces heures faramineuses ensemble. Il se sourient. Puis Tim regarde sa jolie montre offerte par sa belle andalouse. Il est 22:52 et il constate qu'ils ont dormi neuf heures cette fois-ci.

– IAO, pouvez-vous me dire pourquoi nous avons dormi une heure de plus ?

Sara s'étonne que son homme ait vouvoyé la machine mais juge inutile de le dire tandis que l'IAO répond :

– Nous allons nous poser à proximité de la foule du festival. Il est donc préférable que cela se fasse de nuit.

– Ah oui…

– À mon avis, rares sont ceux que ça aurait affolés ! affirme Matt.

– Ouais… on pourrait tous les mettre au courant, propose Léo.

– On en briefe quelques-uns et on laisse faire le bouche-à-oreille ?

206

– Hmm… y'en a plus d'un qui ne nous croira pas, conclut Elena.
Ils se laissent alors tous subjuguer par la Terre constellée de taches lumineuses blanches plus ou moins étendues puis attristés lorsqu'ils passent au-dessus de l'Australie piquetée de milliers de points rouges qui révèlent des incendies énormes. Ensuite de nouveau émerveillés par les éclairs des orages, brefs éclats dans la nuit. Quelques minutes plus tard, en survolant la face exposée au soleil, ils sont fascinés par les nappes blanches des nuages et, une minute plus tard, par l'immensité bleue du Pacifique. À l'issue de ces deux rapides survols de la planète, ils reconnaissent, de jour ou de nuit, chacun leur pays. Ils en déduisent que l'IAO a délibérément opté pour des trajectoires précises au cours de ces trente minutes.
Enfin, la rotondité de la Terre s'estompe pendant la descente de la navette vers ces milliers de spots lumineux parmi lesquels l'engin vise une zone sans lumière : le désert des Bardenas Reales, au sud de Pampelune.

Ils ne ressentent aucune accélération durant la minute qui s'écoule : ils sont dans une bulle de l'espace symétrique. Et ils ont cessé de voir la Terre car le grand hublot est maintenant orienté vers l'espace. Au sol, si quelqu'un observe le ciel nocturne, il ou elle peut remarquer une étoile filante ou présumer d'une chute de météorite sans traînée lumineuse…
Vers mille mètres d'altitude, l'engin ralentit et cesse de briller puis il se pose dans un léger bourdonnement d'abeille, objet noir légèrement luisant sous la lune, à cinq cents mètres du Saving Man. Et moins d'une minute plus tard, les sept amis foulent le sable du désert. Il est 23:23 et cela fait donc vingt trois heures qu'ils ont quitté la Terre.
Tim sort le dernier, derrière Aminata et murmure en français :
– C'est un grand voyage pour nous… ça va être un grand passage pour l'humanité.

Seule la jeune française capte l'allusion à la première phrase de Neil Armstrong sur la Lune. Elle sourit, pensive. Les autres ne l'ont pas entendu ou n'ont pas souhaité qu'il traduise. Ces quelques heures passées dans le vaisseau vaste, suivies de ce double tour du monde, les laissent encore éberlués.

La navette s'élève d'une dizaine de mètres. Ils l'observent tous : dans quelques jours, celle-ci ou une autre va revenir les chercher pour un départ définitif. Ils savent déjà qu'ils n'attendront pas trois mois pour faire leur choix.

L'engin est soudain enveloppé d'une sphère lumineuse, bleue comme un orage : la bulle d'univers symétrique l'englobe et il fuse vers l'espace en un éclair.

Eux se mettent en mouvement, partis pour six minutes de marche, en direction des lueurs du Saving Man. Elena et Sara toujours peu vêtues frissonnent car le froid de la nuit commence à se faire sentir. Mais aucun de leurs amis n'a une veste à leur prêter. Et comme si cela pouvait la réchauffer, Elena s'exclame :

– Si ça continue, la Terre entière va devenir comme ce désert… ça va jeter un froid ! Et l'humanité ne sera sûrement pas d'humeur à faire la fête, comme ici au Saving Man…

Ils échangent des regards désolés, tous d'accord avec elle.

– Vous savez quoi ? Cette IAO aurait pu nous déposer à l'entrée du tipi… tout le monde fait la fête là-bas ! clame Léo sur un ton râleur surjoué, destiné à amuser Elena.

– Probablement, mais de cette façon, notre retour est plus discret, répond posément l'adolescente.

– Z'auraient rien remarqué… ils planent tous plus ou moins !

Tous éclatent de rire, même Léo. Des rires de relâchement, après ces heures plus folles que celles prévues pendant le festival. Tandis que des musiques mêlées leur parviennent déjà, Matt s'étonne de ne pas y avoir pensé avant :

– Et au fait, pourquoi une navette ? Pourquoi pas un flashgone pour revenir ?

– J'ai posé la question à Nimoël quand nous étions dans le poste de pilotage, au moment où Loyatsin est arrivée et que vous étiez tous captivés. Et depuis, je n'ai pas pensé à vous le dire…

– OK. Et donc ?…

– Il m'a expliqué que les ceintures de Van Allen, une zone de radiations qui entoure la Terre, perturbent le bon fonctionnement des flashgones, même aux pôles.

Léo tape amicalement dans le dos de Tim et lui dit, sur un ton moitié sérieux moitié jovial, en français pour éviter que Matt ne comprenne :

– À propos de ceinture, on dirait bien que notre ami australien en a une noire dans un art martial, non ?…

– Si. Probablement…

– Et que j'ai bien fait de ne pas lui rentrer dedans…

– Moi aussi Léo.

– Mais sa question sur le flashgone est bien vue. Je n'y avais pas pensé. Et c'est dommage…

– Pourquoi ?

– Pasque ça nous aurait facilité les allées et velues.

Tim ne retient pas un sourire bienveillant et tapote à son tour le haut du dos de Léo.

– Le Roderick t'as encore refilé une infox ! On dit des « allées et venues »…

– Hein ?! « nues », en costume d'Eve ?

– Ouais… enfin, ça vient de venir.

– Quoi ?

– Du verbe « venir ».

– Ah… tudo bem.

Après un silence, peut-être agacé par le quiproquo involontaire mais sans être vraiment fâché, Léo s'éloigne de Tim.

Il se rapproche de Justin qui écoute *Aerial* depuis qu'ils se sont réveillés dans l'espace, un album de *Kate Bush*, une artiste britannique des années 2000 qu'il aime autant que les *Beatles*. Il lui tapote une épaule et Justin retire alors ses écouteurs.

– Ça trotte, Sridjé ?

– Hmm…

– Tu penses encore à Kanoa ?

– Oui… là-bas, on pourrait vivre ensemble dans un MHV, tantôt au bord d'un océan, tantôt dans des grandes plaines.

– Bien sûr. Sans flashs avec des hallus entre Hawaï et Fargo !

– Ce dont je suis certain, c'est que les jobs d'ouvrier agricole et de déneigeur ne me manqueront pas !

– Je te crois !… et ça me fait penser au contrat de **découton** prévu dans une semaine… que je vais annuler sans regret !

– Quoi qu'il en soit, j'espère que toi, Léo, et vous aussi les autres, on restera proches, dit Justin en élevant la voix pour que tous l'entendent.

Elena qui marche à côté de lui se penche et enroule son bras autour de son cou.

– Sridjé, naturalmente !

Justin embrasse doucement la main de l'adolescente plus grande que lui.

– Venise ne va pas te manquer ?

– Si, c'est certain… et fabriquer des masques aussi. Si je ne trouve pas tout le matériel nécessaire là-bas…

– En revanche, je suis persuadé qu'il sera toujours possible de recréer des carnavals ! affirme Justin pour la consoler.

– J'espère… merci d'y penser.

– Je t'en prie… mais on peut dire adieu au Nero d'Avola !

– À tous les vins peut-être, dit Elena.

– Les HN°KL ont quand même prévu des balles de vin, même s'ils n'ont pas de Chablis… intervient Tim.

– T'es sérieux ? Sans arôme et sans robe, ça va manquer de sens… comme pour le tiramisu, rétorque la jeune adolescente.

Aminata sourit : elle aussi va regretter un tantinet les vins de Bordeaux.

– Et ils sont bien sympas les HN°KL, mais s'ils guérissent tous les humains qui vont vivre sur la Terre du Cygne, j'aurai plus de job !

Ils éclatent de rire. Tous savent qu'elle plaisante.

– Il y a quand même une activité que je crois possible : devenir apicultrice. Ils ont déplacé des colonies d'abeilles sauvages mais je doute qu'ils aient installé des ruches.

Sara regarde Tim, déjà certaine de son accord :

– Eh, dit-elle, mais c'est quelque chose qu'on pourrait faire avec toi, si tu veux…

– Avec plaisir.

– On dirait qu'on est partis pour recréer une communauté…

Elena les observe et aimerait bien avoir leurs aptitudes pour ce style de vie. Mais elle se sait trop individualiste pour partager un logement.

– Moi, j'ai envie de visiter cette nouvelle Terre puisque là-bas on peut transiter sans risques, dit-elle.

– Pareil, renchérit Aminata. Mais quand tu dormais encore, Nimoël nous a dit que toutes les villes se ressemblent…

– Oh mais je suis persuadée qu'en peu de temps, moins d'une année peut-être, il y aura des quartiers différents… des Little Italy, Harlem, Chinatown et Little Odessa…

Lorsqu'ils arrivent aux premières tentes, le Saving Man est en pleine effervescence. Des djembés font tourner des rythmes qui vont jusqu'à faire danser les grains les plus ensablés. Des jongleurs et des jongleuses de feu lancent dans la nuit des lueurs chaudes au milieu d'un cercle tribal. Des êtres humains dansent sachant qu'ils ont de la chance de faire la fête au milieu du désert.

Les sept sont tentés de leur révéler l'avenir dès maintenant. Mais renoncent pour ne pas troubler la fête.

– Vous êtes toujours partants pour le festival ? clame Léo pour être entendu. Pasque moi, avec le shuttle lag, je vais pas dormir de la nuit !

– Aucun d'entre nous, je suppose.

– Alors, qu'est-ce qu'on fait ?

– Je pense qu'on est tous d'humeur à faire la fête jusqu'à l'aube.

– C'est jovial ! Et demain matin, avant de rentrer à Natal, je dormirai peut-être un moment…

– Déjà ? s'étonne Matt.

– Moi, je m'inquiète pour ma grand-mère… je ne suis pas certain qu'elle veuille rester sept jours chez Séverino. Elle va vouloir revenir pour arroser son potager…

– No blème, Léo.

– Je vais quand même rester plusieurs jours, dit Elena. Et j'en profiterai pour transmettre l'invitation des HN°KL…

– Moi aussi, intervient Matt.

Elena lui jette un coup d'œil soupçonneux que l'australien capte à la lueur des flammes et de la Lune.

– Mais chacun sa trace, évidemment… ajoute-t-il en regardant l'adolescente avec un sourire tranquille.

– Elena, je reste aussi quelques jours, si tu veux bien qu'on fasse les fous ensemble, glisse Justin sur un ton enjoué.

– Avec joie, Sridjé !

– Moi, dit Aminata, je vais partir à l'aube… j'aime mieux dormir chez moi, maintenant. Je n'ai plus le feeling pour un festival… celui-ci ou un autre. Je vais aller retrouver Alaya et ma mère dans la communauté où elle vit, pour nous préparer au départ…

Dès qu'elle a fini sa phrase, Matt intervient :

– Est-ce que je peux transiter chez toi, dans quelques jours ? Au lieu de retourner directement à Perth ?

Tous voient qu'Aminata hésite. Après quoi elle répond posément :
 – Volontiers. Si c'est dans trois jours, je serai à Biarritz, et Alaya
 sera à la maison… et tu pourras faire sa connaissance.
L'australien hoche la tête impassible. Les autres n'arrivent toujours pas à deviner comment va évoluer leur relation, ni même si eux le savent clairement.
 – Vous allez peut-être penser qu'on est deux fieffés égoïstes mais
 nous on est heureux de savoir que notre enfant… nos enfants,
 rectifie Sara en se tournant vers Aminata, vont vivre dans un
 monde meilleur.
 – Mais non !
 – On est d'accord !
Fidèle à lui-même, tout autant qu'il l'est à Sara, Tim lâche en français :
 – Une Terre du Cygne où les gens cessent de se canarder…
La jolie andalouse lui plaque une petite tape sur les fesses.
 – Encore une vanne pour initiés je présume ? demande Matt en
 anglais.
 – Yes man. Une histoire d'animaux… peut-être aussi fun que ton
 « platipousse »…
Matt lui répond par un sourire grimaçant mais amical tandis qu'ils arrivent devant le tipi. À première vue personne n'est venu le squatter et les VTT sont toujours là. Les aigles stylisés à la base du tipi semblent danser, animés par les lueurs du grand feu de camp des voisins. Léo soulève la porte de toile et ils entrent les uns après les autres. Ils vont grignoter les délicieux tramezzini apportés par Elena et restés dans sa glacière tout en se désaltérant de ce qu'il y aura de moins tiède.

Avant de les rejoindre, Sara et Tim partagent un tendre baiser tandis que des nuages très fins, tels des légers voiles de dentelle, glissent dans ciel et viennent couvrir la lune.

Définitions / Précisions

Les mots suivis d'un * ne sont pas des néologismes de mon cru
mais sont suivis de quelques précisions.

APLAF: acronyme de « Adopté Par L'Académie Francophone ».
Créée en 2033, à l'initiative des québécois, cette académie propose
à l'ensemble de la francophonie des modifications d'orthographe.

Avó:* grand-mère ou mamie.

De l'art ou du pochetron: on se demande si ce n'est pas un type
bourré qui en est l'auteur… Ou un âne qui peint avec sa queue,
comme dans le canular (qui n'annule pas l'art de la peinture) de
Roland Dorgelès en 1910…

Bandier/ bandière: abrèv. de contrebandier/dière. Toutes celles et
ceux qui troquent dans le monde entier via un flashgone.

Bath:* chouette, agréable, sympa. Un mot ancien de nouveau
utilisé par les jeunes en 2042.

Bilboquer: niquer. Verbe apparu dans un roman de SF en 2022… Il
fait partie de ces expressions dont on ne sait pas d'où elles viennent
ni pourquoi elles sont abandonnées, comme « Ça passe crème » ou
« J'dis ça, j'dis rien ».

Bildé: verlan de débile.

Bite-nique: un obsédé sexuel. Terme péjoratif, calqué sur beatnik, péjoratif aussi (le mot anglais n'a pas les connotations du mot bite-nique). Et les beatniks n'étaient pas tous des dingues de sexe…

Buffle:* lourdaud, macho misogyne. Dérivé de mufle mais peu flatteur pour l'animal herbivore qui n'est redoutable que pour ses prédateurs.

Bug-eyed monster:* monstre aux yeux exorbités, aux yeux d'insecte. En référence à la SF américaine des années trente à soixante.

Cabrão:* connard, en brésilien.

Carajo:* bordel, en espagnol.

Certif: abrèv. de certifié. Équivalent en 2042 de « Sérieux ? ».

Changó orixá do fogo:* Chango est l'Orisha du feu. Un Orisha est un dieu originaire d'Afrique de l'Ouest, plus précisément de la religion des Yorubas. Un dieu de la foudre, des éclairs et du feu, dans le candomblé au Brésil.

Chanvré: « ivre » de weed, de hasch.

Couture:* un équivalent, en 2042, de « tendance »… Mot dérivé de « haute couture ».

Dalle que: que dalle, en verlan.

DaTABuG: acronyme dont je suis l'auteur (les noms des ondes sont les mêmes en anglais et en français).

Débogage :* en informatique, supprimer les erreurs d'un programme : les bugs. Idem pour le psychisme d'un être humain.

Découton: découpeur de béton. Pedreitão, néologisme en brésilien. Un ouvrier qui découpe des murs de béton mais aussi de briques pour en faire des éléments de différentes tailles qui seront utilisés dans une autre construction. Ce métier est né de la nécessité de recycler les murs des immeubles. Le sable utilisable pour la fabrication du béton est devenu rare et a entraîné la prolifération de mafias qui trafiquent ces matériaux dans certains pays.

Dépiler: retirer d'une pile d'objets. Signification ajoutée en 2037 à celles existant déjà.

Djee: abrèv. de Djeezus Chraïst, en phonétique libre… Jésus Christ. Peut se traduire par « Mon Dieu ! ».

Éta oujasna:* « Quelle vacherie ! » en russe.

Fétiche:* être fétiche c'est être hyper fan, quasiment vouer un culte à une œuvre d'art.

Flash:* une téléportation d'un flashgone vers un autre.

Flash-lag: effets du décalage horaire consécutif à un flash.

Flashgone: un flashgone est un téléporteur. Mais la traduction du mot HN°KL est « flashgone », mot adopté par les terriens dans tous les pays, excepté en Chine où l'on dit « Di Xia ». La répartition de ces machines, en 2022, a été proportionnelle au nombre d'habitants et à la densité de la population.

Les HN°KL ont donné des kits à des relais (c'est ainsi que les humains ont nommés les détenteurs d'un flashgone) qu'ils ont choisis et qui sont toujours de simples particuliers. Tous les relais ont accepté une programmation psychique qui leur interdit certaines actions : vendre et démonter un flashgone pour l'installer dans un autre lieu, entre autres. Mais après le départ des HN°KL, en 2022, cette sauvegarde s'est éteinte, entraînant diverses conséquences. Cependant si on le désinstalle, il cesse de fonctionner. C'est pourquoi, par crainte d'être capturés certains relais vendent leur logement.

Le kit du flashgone se compose de seize sphères noires apparemment banales. Quand la machine est installée, huit sphères sont déployées en cercle au sol et huit autres au plafond. Lorsque un flashgone est activé, un champ d'énergie cylindrique, d'un diamètre d'environ 1,20 mètre, se matérialise à cinq centimètres au-dessus et au-dessous des sphères. Cela permet de cacher les sphères dans le sol et le plafond. Curieusement, ce champ d'énergie ne se déploie pas en un octogone. Il y a, plus rarement et dans des constructions appropriées, des flashgones d'un diamètre de 2,50 mètres pour une hauteur de 3 mètres. Tous les flashgones ont été installés dans une construction, si fruste soit-elle.

Un flashgone est activé en mode vocal : chaque relais lui attribue une phrase code qui le lance, à laquelle on ajoute d'autres mots. Soit le nom et le prénom du relais chez qui on veut transiter, soit un pseudo, soit un nom de lieu.

Quand on va d'un lieu à un autre, les différences instantanées de température et d'humidité ne perturbent pas plus que quand on entre et sort d'une maison bien chauffée en plein hiver. Mais les changements d'heures entraînent un flash-lag instantané. Quant aux variations d'altitude, elles peuvent s'avérer plus problématiques : au-dessus de 3500 mètres, il y a un risque de mal aigu des montagnes.

Mais il suffit de prendre un médicament avant de transiter. Ou de redescendre en cas de malaise.

Le flashgone ne facilite pas tout : si l'on va au Japon ou en Chine, on ne deviendra pas capable de lire l'écriture dans ces pays. Sans parler d'autres différences.

Par ailleurs, environ 50% des êtres humains subissent une hallucination suite à une téléportation. Sauf si elle a lieu dans les 24 heures qui suivent la première.

Fort-thunés: fortunés. Des gens qui ont beaucoup de thunes. Un mot généralement employé au pluriel.

Gandin:* un jeune type vêtu avec une élégance ostentatoire ou avec frime.

Gated-comm: gated-community ou résimée en francophone. Résidence fermée ou lotissement entouré d'un mur et qui dispose d'une vidéo-surveillance et d'un gardien.

Gauler:* draguer trop rudement, draguer comme un gros lourd.

Gaymable: gay-friendly. Mot franglais issu de « aimable avec les gays ».

HN°KL: acronyme dont je suis l'auteur et que j'utilise pour la première fois dans mon roman intitulé « Fleshgone », publié en 2020 chez BoD, avec un copyright initial en 2009. Traduction du nom de ces extraterrestres, à l'initiative de l'IAO. En 2009 le titre initial de « Fleshgone » est « Une goutte d'océan ».

Icash: APLAF, synonyme d'imoni (voir ce mot). Rien à voir avec l'ancien « cash » : la monnaie fiduciaire n'existe plus.

Imel: APLAF pour e-mail ou courriel.

Imoni: APLAF en 2033 pour e-money. Désigne la cybermonnaie la plus utilisée et la plus fiable. Mais il en existe une dizaine d'autres, dont une Dark-money utilisée par une multitude d'illégaux. Dans le monde entier, la monnaie fiduciaire a été supprimée après la crise de 2031.

In-graffer: graffeuse ou graffeur qui œuvre aussi en intérieur et en réponse à une commande.

La frittata è fatta:* les carottes sont cuites. Littéralement : l'omelette est faite.

La peau du duc: très cher. Mais pas le plus cher. Car duc n'est pas le plus haut des titres de noblesse. De même qu'avec l'expression « Ça coûte un bras » on peut supposer que ce n'est pas le pire puisque ça ne coûte pas la vie…

La Planète Sauvage:* est un film d'animation réalisé par René Laloux sorti en 1973, cité ici en hommage. De ce film vient l'idée des géants : sur la planète Ygam, les enfants des humanoïdes hauts de douze mètres adorent avoir des animaux familiers, les oms.

Le parc du Pléistocène:* créé en 1988 par Serguéï Zimov, il existe réellement. Wéber « Pleistocene Park » pour en savoir plus. Ou les sites en français, évidemment.

Les cinq stades de l'effondrement:* titre de l'ouvrage de Dmitry Orlov publié en 2013.

Loboto: abrèv. de lobotomisé. Synonyme en 2042 de décérébré, idiot, neuneu.

Manne: abrèv. de mannequin. Une manne est une femme très belle et très sensuelle, une beauté divine qui vous ferait traverser un désert… En 2042, qualifier une femme de canon ou de bombe est devenu ringard ou loboto car trop connoté d'un sens guerrier. Ce que n'avaient pas prévu Louis Réard, créateur en 1946 du bikini destiné à couvrir (?) les « bombes anatomiques » et Polyclète, sculpteur grec à l'origine des règles de beauté nommées « canons »… Le mot canon n'est plus utilisé qu'en droit et en religion, le mot bombe en équitation ou en guerre…

MOSE:* acronyme de « Modulo Sperimentale Elettromeccanico » qui signifie aussi « Moïse » en italien. C'est un ensemble de 78 vannes escamotables qui permet d'isoler la lagune au niveau des trois passes durant les hautes marées. L'Acqua Alta se produit surtout en automne. Conséquence bénéfique pour Venise, en 2042 : les paquebots ne viennent plus brasser les eaux des canaux.

Nispinila: néologisme et nom d'un jeu de plateau que j'ai créé. Le tracé de base de ce jeu est une figure géométrique qui apparaît gravée, il y a quatre ou cinq mille ans, sur un rocher conservé au National Museum of Ireland à Dublin. Elle est également inscrite, avec un diamètre approchant les treize mètres, dans le dallage de la cathédrale de Chartres. C'est une erreur de la nommer « labyrinthe » puisqu'elle n'a qu'un seul itinéraire ou couloir (même s'il est très sinueux) à la différence d'un labyrinthe où l'on peut se perdre. Marque et modèle déposées en 2016.

Nullache: abrèv. de « nul à chier ».

Octo-disque: traduction de l'anglais « octa-disc », néologisme créé par la traductrice IAO sur la base du mot « octagon ».

Paphovol: abrèv. de panneau photovoltaïque.

Passe muraille: équivalent de « Ça passe crème » dans le langage des ados en 2042…

Paul:* est le nom donné à l'extraterrestre dans le film éponyme réalisé par Greg Motola, sorti en 2011. Le scénario en a été écrit par les deux acteurs principaux : Simon Pegg et Nick Frost.

Péclôt:* mot suisse pour un vieux vélo.

Peuzeule: APLAF en 2033 pour puzzle. « Peuzôle » n'ayant pas été retenu…

Platipousse: transcription libre de la prononciation australienne de « platypus » : ornithorynque. Les autres anglo-saxons disent « platipeusse » ou « pladipeusse »…

Putride: en 2042, expression atténuée de « putain ».

Ray Léma:* pour plus de précisions sur la roue rythmique, lire *Le cinquième rêve* de *Patrice Van Eersel*.

Réclim: réchauffement climatique.

Relais:* un être humain chez qui un flashgone a été installé. Les relais disent qu'ils transitent d'un lieu à un autre mais disent un « flash » quand ils parlent d'une téléportation.

Résimée: une résidence fermée ou un lotissement entouré d'un mur et qui dispose d'une vidéo-surveillance avec un gardien. Traduction de gated-comm.

Resse: non-fumeur.

Sand square: un « carré de sable », un « crop circle » qui n'est pas circulaire mais carré, dans le sable et pas dans les cultures.

S.E.L.:* Système d'Échange Local. En 2022, il y en a environ 600 en France. C'est une association de personnes qui échangent des biens, des services et des savoirs, avec une « monnaie » locale qui porte divers nom. En 2042, plus d'un S.E.L. est clandestin car interdit dans le pays.

Smacker: se faire des bises sonores.

Souffle du diable:* un mélange de scopolamine et d'atropine en poudre, soufflé au visage de la victime dont la volonté est alors anéantie. Il existe d'autres appellations.

Spaghetti con vongole:* spaghettis avec des petites palourdes de la lagune.

Sridjé: transcription approximative de « Three J ». Que Léo et Matt et les autres prononcent correctement puisqu'ils se parlent en anglais la plupart du temps. Pour mémoire, le J se prononce djé comme dans DJ.

Sweat-lodge:* hutte à sudation. Équivalent d'un hammam. Nommé Inipi en langue Lakota, c'est un rituel sacré. Pour en savoir plus, wébez « Inipi sioux ».

Ticheurte: APLAF en 2033 pour tee-shirt.

Transiter: se téléporter via un flashgone.

Troc: en 2042, le mot a le même sens. Mais « c'est pas mon troc » est l'équivalent de « mon truc ».

Vocé está chapado:* tu es défoncé / saoul, en brésilien.

Vol-du-volant: APLAF en 2033 pour carjacking.

Wéber: faire une recherche sur le Web.

Witz:* en Suisse, une vanne, un mot d'esprit, un jeu de mot. Mot masculin.

Yobi: un maximum, une quantité énorme. Mot dérivé de yobioctet, du langage binaire.